btb
Aus Freude am Lesen

btb

Buch

Was bleibt von unserer Kindheit? Es sind bestimmte Bilder, Stimmungen, Gerüche, Erinnerungen an Familienfeste, Spielzeug, zufällige Begegnungen, peinliche Augenblicke, große und kleine Tragödien, Momente der Freude, scheinbar belanglose Begebenheiten, die sich unauslöschlich in unser Gedächtnis eingeprägt haben.
Walter Kempowski hat die Erinnerungssplitter einer Kindheit in dieser Sammlung glänzender Prosaminiaturen zusammengetragen. Mit fotografischer Sorgfalt beschreibt der Autor die kindliche Lebenswelt. Die Genauigkeit dieser Miniaturaufnahmen zielt jedoch nicht auf die Fixierung von Ort, Zeit und Person. Vielmehr beschwört der Autor mit seinen Bildern, die der Leser wie vergilbte Fotografien betrachtet, eine kollektive Vergangenheit, in der jeder seine eigene Geschichte wiederfinden mag.

Autor

Walter Kempowski, geboren 1929, zählt seit vielen Jahren zu den bedeutendsten und produktivsten Autoren der deutschen Gegenwartsliteratur. Mit seiner monumentalen Collage »Das Echolot« gelang ihm ein sensationeller Erfolg, der von der Kritik im In- und Ausland gefeiert wurde.

Walter Kempowski bei btb

Alkor. Tagebuch 1989 (73093) · Aus großer Zeit. Roman (72015) · Der rote Hahn. Dresden im Januar 1945 (72842) · Heile Welt. Roman (72650) · Herzlich willkommen. Roman (72190) · Schöne Aussicht. Roman (72103) · Tadellöser & Wolff. Roman (72033) · Weltschmerz. Kinderszenen fast zu ernst (72202)

Das Echolot. 4 Bände im Schuber (72076) Das Echolot. Unternehmen Barbarossa '41 (73175)

Die deutsche Chronik. 9 Bände im Schuber (73251). Die Bände im einezelnen:
Aus großer Zeit. Roman (72546) · Schöne Aussicht. Roman (72547) · Haben Sie Hitler gesehen? Deutsche Antworten (72539) · Tadellöser & Wolff. Roman (72548) ·
Uns geht's ja noch gold. Roman (72537) · Haben Sie davon gewußt? Deutsche Antworten (72541) · Ein Kapitel für sich. Roman (72538) · Schule. Immer so durchgemogelt. (72540) · Herzlich willkommen. Roman (72549)

Walter Kempowski

# Weltschmerz

## Kinderszenen fast zu ernst

btb

FÜR ULLA

Umwelthinweis:
Alle bedruckten Materialien dieses Taschenbuches
sind chlorfrei und umweltschonend.

Der btb-Verlag ist ein Unternehmen
der Verlagsgruppe Random House.

2. Auflage
Genehmigte Taschenbuchausgabe März 1998

Umschlaggestaltung: Design Team München
unter Verwendung eines Notenzitats
aus «Fast zu ernst» von Robert Schumann/
Robert Schumann: Kinderszenen, Opus 15.
Satz: Filmsatz Schröter GmbH, Berlin
KR · Herstellung: Augustin Wiesbeck
Made in Germany
ISBN 3-442-72202-0
www.btb-verlag.de

Robert Schumann: Kinderszenen, Opus 15 *Fast zu ernst*

*Denk dir ein Lied aus,*
*aber schreib's nicht nieder,*
*mach' keine Skizzen von den Bildern,*
*die du siehst.*
*In deinem Haus,*
*das du nie bauen wirst,*
*wohnst du schon lange.*
*Dort siehst du deine Bilder,*
*dort hörst du deine Lieder.*
*Die Nacht hindurch tanzt die Sylphide*
*nur für dich,*
*und über deine Hand läßt du*
*das kalte Wasser*
*laufen.*

*Das Licht*

Er lag auf dem Wickeltisch, und die Mutter beugte sich über ihn, sie lachte, und er griff nach der Uhr, die ihr vom Hals herabhing.
In der Tür, ganz im Dunkeln, stand der Vater mit seiner Zigarre. Er sah sie beide im Licht: die Frau, wie sie sich über den Sohn beugt. Und den Sohn, der seiner Mutter die Arme entgegenstreckt.
Nun wandte sich die Mutter zur Seite, sie sprach mit dem Mann, und dem Jungen fiel das Lampenlicht in die Augen und blendete ihn. Er strampelte und drehte den Kopf nach links, nach rechts: das Licht, das Licht!
Endlich wurde er aufgehoben und hinüber in sein Bett gelegt.
Er sah die Eltern in der Tür stehen, dann wurde es dunkel.

## *Das Tor*

Wer in dieser Stadt spazierengehen wollte, ging vom Kirchplatz aus die schmale Gasse hinunter, am Gasthaus vorüber, am Friseur und am Krämer. Die Häuser waren niedrig – aus den Dachrinnen sprossen Gräser, und die Fenster waren mit Spiegel-Spionen versehen, damit man weiß, wer die Straße heraufkommt und warum er es tut.

Die Haustüren standen offen an diesem Sommertag, über ausgetretene Fliesen warf man einen Blick in Hinterhöfe und kleine Gärten: zwei junge Katzen.

Die schwangere Frau schob ihr Kind über den Gehweg, weil sie nicht wußte, was sie sonst hätte tun sollen an diesem Morgen. Der kleine Junge in der Karre, in seiner blauen Strickjacke, nahm alles wahr, was es hier zu sehen gab, aber die Haustüren, die niedrigen Dächer und die Bänke vor den Häusern hinterließen keine Spuren in seinem Gehirn. Die Hand griff in die Luft, die Augen hatte er aufgerissen, der Sonnenschatten machte die andere Straßenseite dunkel, aber weder das Licht nahm er auf noch den Schatten. Es ging nichts in ihn ein. Er sah nur seine Hände, die sich vor ihm ballten, die in die Luft zeigten und ins Leere griffen.

Der Junge hieß Sigmund, und die Fahrt war ihm nicht bequem, das Pflaster war grob, und die Karre stockerte. Und nun sah er, daß die Mutter auf ein dunkles Tor zufuhr. Er sah nicht den verzierten Giebel des Stadttores, sondern nur den dunklen Torschlund. Sie näherten sich ihm, und da fing er an zu schreien, und er schrie und schrie: Nicht durch das Tor! Aber die Mutter lächelte und schob ihn hindurch.

## *Alabaster*

Er lag im Ehebett zu Füßen seiner Eltern, und er hörte sie leise miteinander reden. Es war Sorge, die er spürte. Gab es denn keine Hoffnung?
Später meinte er, er habe nicht im Ehebett gelegen, sondern auf einer Bettcouch, quer zu den Ehebetten, die an vier Kordeln festgeknotete Alabasterlampe über sich.
Und dann dachte er: Nein, nicht auf der Couch hast du gelegen, sondern nebenan; im Kinderzimmer hat dein Bett gestanden, vor der zugestellten Tür.

Das Kinderzimmer lang und schmal, mit zwei Betten darin.
Das zweite Bett war für immer leer geblieben. Das wurde dann weggegeben an alte Leute, und die zerhackten es zu Feuerholz.

## *Blech*

*Hoo-Boo-Hopp! Da ist ein Kasten voller Blechspielzeuge. Man greift hinein, zieht sie auf und stellt die pickenden Hühner, hüpfenden Mäuse und eilig Runden drehende Autos auf den glatten Tisch. Wenn es gelingt, all diese Mäuse und Äffchen, die Krabbel-Babys und Trommel-Clowns aufzuziehen, ohne daß eines ausschnurrt, wenn also der ganze Tisch angefüllt ist mit dem surrenden, klingelnden Zeug, und man die Hände in den leeren Kasten legt, dann hat man gewonnen.*

*Das wurde*

später oft erzählt: Der kleine Bengel! Sogenannte SA-Männer marschierten über den Goetheplatz, die dicken Bäuche über dem Koppel und Ordensschnallen auf der Brust, und dem Jungen in seiner Sportkarre fiel es ein, die Faust zu heben und zu rufen: «Heil Moskau!»

Wenn Sigmund später daran dachte, dann sah er sehr wohl die Kolonne vorübermarschieren, unter den Oberleitungsdrähten der Straßenbahn hindurch, auch sah er die Apotheke an der Ecke mit dem vergoldeten Porträt des Dichters über der Tür und das Glawitzer Tor ... Und er hörte das Lied, das sie sangen und sah sich selbst in der Karre sitzen, in seinen blauen Strickhosen, zwei oder drei Jahre alt. Wenn er also tatsächlich einmal daran dachte, in späteren Jahren, am Schreibtisch, mit Blick auf das gegenüberliegende Haus, in dem eine Versicherung ihr Büro hatte, dann sah er sich die Faust heben und «Heil Moskau!» rufen, denn so war es ja erzählt worden wieder und wieder. Aber – war es denn wirklich so gewesen?

## *Die Näherin*

Die Näherin wohnte im Nachbarhaus, sie hieß Frau Heinze. Sie war eine geschiedene Frau und wohnte in einer Dachkammer, Bett, Tisch, Stuhl und das Waschgestell. Sie hatte die Nähmaschine auf den Wäscheboden gestellt, einen großen dunklen Raum, in dem man ins Gebälk hineinsehen konnte. Hier nähte sie Frackhemden, flickte Handtücher und machte Röcke kürzer, sie flüsterte dabei, und wenn sie damit fertig war, ging sie in ihre Kammer und sprach mit sich selbst.

Sigmund stieg die vier Treppen zu ihr hinauf. Auf dem Dachboden war es finster, unter einer Luke saß Frau Heinze und trat die Nähmaschine. Finster war es auf dem Dachboden, nur auf Frau Heinze fiel Lichtschein von oben.
Da es warm war, hatte sie die Luke geöffnet, Schwalben kamen hereingeflogen und segelten wieder hinaus.
Sigmund setzte sich neben die Frau, um ihr zuzusehen und ihrem Flüstern zu lauschen. Es waren keine Märchen, die Frau Heinze vor sich hinmurmelte, nichts von Hänsel und Gretel,

auch sang sie keine Lieder. Sie redete heraus, was ihr gerade einfiel, und das meiste, was sie sagte, war böse. Sie ging die Reihe der Menschen durch, mit denen sie haderte. Schadenfrohes und Boshaftes flüsterte sie, und dabei nähte sie die Aussteuer für eine Braut, die sich schon freute auf die Tage ihrer jungen Ehe. Sechs Kopfkissenbezüge und sechs Bettlaken nähte Frau Heinze, und sie flüsterte Schlimmes hinein in die Wäsche, die für ein Bett bestimmt war, in dem Menschenleben seinen verfluchten Anfang nehmen würde. Wer seinen Kopf in dieses Kissen bettete, würde keine guten Träume haben.

Die einzige Unterbrechung ihres Wisperns gab es, wenn sie den Hebel aufstellte, mit dem die Nadel in Ruhestellung geschaltet wurde, um neu einzufädeln. Danach konnte es weitergehen, das Nähen und das Wispern: und das Verfluchen, und der Junge hörte sich alles an.

## *Begegnung*

Eine Dame stellte sich Sigmund in den Weg, als er mit einem Stöckchen die Zäune entlangratschte. Die Dame trug einen Kneifer, und sie hatte ihre Hände in einem Muff, an dem eine silberne Agraffe steckte. Sie nannte ihn beim Namen und fragte, ob er ihr nicht guten Tag sagen will? Kennt er sie denn gar nicht mehr?
Sie nahm ein umhäkeltes Taschentuch aus dem Muff und führte es zur Nase, und dann trug sie ihm auf, wie er da unten stand, seinen Vater zu grüßen, und dann beugte sie sich zu ihm nieder und küßte ihn.
Noch kurz vor seinem Tod, als er schon seine Sachen zusammenräumte, fragte er sich: wer wohl diese Frau gewesen war? Er zerriß alte Briefe und legte das Schlüsselbund auf den Tisch und dachte an die Frau mit dem Kneifer.
Dann fiel ihm eine Uhr unter einem Glassturz ein, daß jemand die Glasglocke aufhebt, wobei es einen dunklen Ton gibt, und die Uhr aufzieht, über deren Zifferblatt ein bronzenes Liebespaar eine Blumengirlande windet.
Er hätte gern gewußt, wie die Sache zusammenhing, aber dazu war es zu spät.

## *Der Hof*

Wenn er später durch den Wald ging, eine Blume im Knopfloch und vor sich hinpfeifend, dann dachte er an den kleinen Hinterhof, auf den er von seinem Fenster aus hinuntergucken konnte. Es war ein sehr kleiner Hof gewesen mit zertrampeltem Gras.

Eines Tages hatte der Hauswirt den Hof umgegraben, hatte Erde angefahren, schwarz und fett, und hatte Gras angesät. Alles glatt geharkt, gesät, gewalzt. Und dann hatte es geregnet, und ein zarter grüner Schimmer hatte sich ausgebreitet in dem engen Hof.

Und dann war eben der Mann mit dem Ziehwagen gekommen, der hatte das Brennholz bringen wollen und war mit dem schweren Wagen über das zarte Grün gefahren und hatte tiefe Spuren hinterlassen. Der Mann hatte noch versucht, mit dem Fuß die Rillen plattzudrücken, aber vergebens. Und da hatte er sich umgeguckt und war weggefahren.

Daran mußte Sigmund ab und zu denken, wenn er im Wald spazierenging, eine Blume im Knopfloch und leise vor sich hinpfeifend.

## *Der Blechmüller*

*Wenn man ihn aufzog, glitt der Blechmüller die Blechleiter hinauf, er hatte einen Blechsack auf dem Kopf, den klinkte er, oben angekommen, ein und fuhr seiner Last ledig wieder hinunter. Danach glitt er die Blechleiter wieder hinauf und nahm den Sack wieder mit hinunter, um ihn, nach kurzer Pause, erneut hinaufzuschieben. So ging das fort und fort, bis das Uhrwerk abgelaufen war.*

## *Einmarsch*

Die Mutter hatte sich feingemacht, wie sie es immer tat, wenn sie in die Stadt ging. Sie wollte eine neue Handarbeit kaufen, und da hatte sie sich den grünen Hut aufgesetzt und die Zwirnhandschuh angezogen.
Vor dem Stadttheater blieb sie stehen, denn die Glawitzer Chaussee herauf kam ein Soldatenzug marschiert. Stahlhelm auf, Gewehr geschultert, Tornister auf dem Rücken. Vorneweg ein Offizier auf dem Pferd und danach Kolonne auf Kolonne, vielleicht ein ganzes Regiment? Autos und Pferdewagen mußten anhalten, als die Soldaten vorüberzogen, und die Soldaten sahen nicht nach links und nicht nach rechts, es war eine ernste Sache, daß sie hier marschierten.
Es wurden keine Blumen geworfen und niemand rief Hurra! oder Heil! Hier marschierten Soldaten in die Stadt ein, durch das Glawitzer Tor hindurch, und das taten sie nicht zum Spaß.

Wer die Kolonne entlangsah, die Chaussee hinunter, konnte bemerken, daß in der Marschkolonne eine Welle entlanglief, wie es immer geschieht, wenn Soldaten marschieren. Niemand weiß, warum das so ist, aber es ist so: Wenn keine Musik den Takt angibt, dann wellt es die Kolonnen entlang bis hin ans Ende und beginnt vorn aufs neue.

*Der Bäcker*

Rumkugeln, Schweinsohren und Rosinenbrötchen. Die rot-weißen Hanseaten kosten fünf Pfennige.
Vom Laden aus geht man drei Stufen hinunter, da hat der Bäcker seinen Schreibtisch. Feingemengtes, Grobgemengtes, Schwarzbrot und Weißbrot. An diesen Schreibtisch setzt er sich, wenn er Mehl und Backfett bestellen will, und setzt die Brille auf, hier liegt auch das Kontobuch, in das er die Einnahmen einträgt.

Draußen im Laden steht die neue Ladenhilfe, sie ist sechzehn Jahre alt. Abends sitzt sie in ihrer Kammer am Fenster und singt.
Der Bäcker heißt mit Vornamen Jochen, auf seinem Schreibtisch steht ein kleines Aquarium. Manchmal sieht er den Fischen zu, oder er tippt an die Briefwaage, die daneben steht.

*Die Mangel*

Die Schwestern Helle betrieben ihre Heißmangel in einem Keller. Die ältere Schwester stand hinter der großen weißen Walze und strich die glatten Laken glatt, die sie in die Maschine schob. Nahm die Laken und Tischdecken aus dem Korb, in den sie, so wie sie von der Leine kamen, eingeschichtet waren, und schob sie, mit der Nahtkante zuerst, unter die heiße Walze, schob nach und immer weiter nach, kleine Falten noch eben glattstreichend – und drüben kamen die Laken dampfend zum Vorschein, sie klebten auf der Walze und wurden, wenn sie sich nicht von selbst, wie dünn ausgewalzter Kuchenteig, lösten, vorsichtig abgenommen und auf den Tisch gelenkt, auf den sie nach und nach, sich zu Wellen schiebend, ausliefen. Sie wurden abgenommen und gefaltet.

Die größeren Stücke wurden zuvor gereckt. Bevor sie eingeschoben wurden, reckte man sie, und das besorgte die jüngere Schwester Helle zusammen mit der Hausfrau, die die Wäsche gebracht hatte. Der reinliche, etwas quietschende Weidenkorb, aus dem die Stücke behutsam genommen wurden, stand neben der Heißmangel, deren Zahnräder in großer Übersetzung es machten, daß die Mangel sich sehr langsam drehte. Die ältere Schwester Helle trug einen gestärkten weißen Kittel, in deren linker Tasche sie einen Notizblock stecken hatte, auf dem notierte sie die Anzahl der Stücke, deren Mangelung dann bezahlt werden mußte aus dem Hausstandsportemonnaie, zwei Mark und fünfzig oder auch mal drei Mark dreißig. Das Notieren und das Bezahlen geschah in der gleichen Langsamkeit, mit der sich die Walze drehte, und auch die Gespräche, halblaut geführt, glitten erörternd dahin, es wurde geplaudert, leise, und alles Krause, das sich angestaut hatte, wurde behutsam geglättet in den besinnlichen Gesprächen.

Das einzige schmale Kellerfenster war vergittert. Die Menschen, die draußen vorübergingen, hatten ihren eigenen Rhythmus, die Damen in ihren schmalen Schuhen tackten vorbei, die Herren gingen eher lautlos. Einmal hockte sich der kleine Junge vor das Fenster und guckte in den trüb erhellten Raum, in dem sich die heiße Walze drehte: die weiße Frau mit den grauen Haaren, wie sie die Laken einschob, die weißen

Tücher ein letztes Mal glattstrich und in den schmalen Schlitz steckte und mit der anderen Hand das löste, was in der feuchten Hitze an der Walze klebte. Und im Hintergrund die beiden anderen Frauen, die ein Laken reckten, an beiden Seiten zogen, dabei einen Schritt vor und zurück taten, in einem anderen Takt, hinauf und längs und doch in gleicher unabänderlicher Gemächlichkeit.

Sigmund hockte nie lange vor dem Fenster. Das stille Tun da unten gab ihm kein Rätsel auf, sei es, daß es ihn langweilte oder daß es etwas in ihm bestätigte, was er im Innersten ja längst wußte. Er guckte eine Weile durch das Fenster, und dann klopfte er ein-, zweimal leicht an die Scheibe. Aber die stillen Frauen ließen sich nicht stören. Da draußen war Spiel, hier drinnen ging es unabänderlich zu, mit Schlaf hatte das zu tun, ein frisch bezogenes Bett an einem Sommerabend, mit Schlaf und Tod.

Vielleicht sprach die kleine weiße Frau Sprüche über die Tücher, die dann, eingepreßt, als gute Träume, als kühle Erquickungen sich dem Schläfer mitteilten, als Trost dem Kranken und als letztes Wispern neben dem Sterben her. So wie die Walze nie aufhören würde, sich zu drehen, langsam, unerbittlich, niemals schneller, niemals langsamer, so drehte sich die Welt, aus dem Dunkel ins Helle und wieder in das Dunkel gleitend.

## *Das Kugelspiel*

*Das Spiel besteht aus einem fünfzackigen Pappstern mit Löchern. Du legst eine Kugel auf die Kipphand und schleuderst sie auf den Stern. Fällt sie auf ein Loch in der roten Sternzacke, dann hast du zehn Punkte gewonnen, fällt sie auf die gelbe Zacke: zwanzig. Am besten ist es, du wählst eine silberne Kugel, dann zählt alles doppelt. Auf der blauen Sternzacke zählt es allerdings doppelt minus.*
*Es ist ein altes Spiel, man kann es nirgends mehr kaufen. Von der Papphand, auf deren Ringfinger ein Siegelring gemalt ist, hat man den kleinen Finger abgebrochen.*

*Parterre*

Unten im Haus wohnte ein alter Mann, der war Brückenbauer gewesen, und nun trank er und nun schlug er seine Frau. Die beiden Alten bewohnten im Parterre ein Zimmer, und wenn man an der Tür vorüberging, hörte man die Frau klagen.
Vom Hof aus, wo kleine Katzen sich balgten, konnte man in das Zimmer hineinsehen. Die Nachbarskinder versammelten sich, und wenn das Rumoren laut und lauter wurde, guckten sie in das Fenster, um es zu beobachten, wie der alte Mann seine Frau schlägt.

Als es wieder mal anhub, nahm ein Nachbarjunge Sigmund auf die Schultern, aber Sigmund konnte nichts sehen, er sah nur sich selbst in der Fensterscheibe, auf den Schultern des Nachbarjungen sitzend.
Einer trage des anderen Last.

## *Nachbarschaft*

Der Junge hieß «Günther», und Sigmund sollte nicht mit ihm spielen. Der Vater war Arbeiter, und er wohnte in einem der alten Häuser, die übriggeblieben waren vom Gertrudenkloster. Es war ein hübsches altes Gebäude, das kleine Klosterhaus. Von seinem Fenster aus konnte Sigmund sehen, wie sich der Rauch aus dem Schornstein wand. Auf dem First saßen Tauben.

Sigmund ging natürlich doch zu seinem Straßenfreund. Er steckte zwei Blechautos ein, und dann spielten sie in der Küche des alten Hauses. Der Fußboden bestand aus gestampftem Lehm, und auf dem Feuerherd sang das heiße Wasser im Kessel.

Zum Kaffee bekam der Freund von seiner Mutter ein Leberwurstbrot in die Hand. Sigmund hätte auch gern ein solches Brot gehabt, die Frau hatte wohl nicht daran gedacht.

Als es Abend wurde, steckte Sigmund die Autos ein und ging nach Hause.

## *Die Quelle*

Am Waldrand war eine Quelle zu besichtigen. Das war ein runder Betonzylinder, den man in das Erdreich eingelassen hatte. Wenn man das Ohr an den von Moosflechten besternten Betondeckel hielt, hörte man die Quelle in dem Zylinder plätschern.
Wir setzten uns auf den Deckel und sahen in das Tal hinab. Da unten lag das kleine Dorf, mit Kirche in der Mitte und breiten Häusern unter Bäumen.
In dieses Dorf wurde das Wasser der Quelle geleitet. Wie glücklich waren die Menschen dort, daß sie so sauberes Wasser hatten!
Sievershagen hieß das Dorf, und im Krieg holten wir dort Pflaumen.

## *Die Kugel*

Der Großvater brachte ihm eine große blaue Porzellankugel mit. Oder war sie aus Glas, blau, mit einer weißen Spirale darin?
«Hier», sagte der Großvater, «diese Kugel schenke ich dir, damit habe ich schon als Kind gespielt.»
Ein großer Junge auf der Straße sagte: «Woll'n mal sehen, ob sie das aushält», und er warf die Kugel in die Luft. Sie zerplatzte auf dem Pflaster zu einem weißen Stern.

## *Weltschmerz*

Es war über ihn gekommen. Nichts Besonderes war geschehen, und doch kam es über ihn. Vielleicht lag es daran, daß die Eltern fortgegangen waren, vielleicht waren es aber auch die von der Abendsonne beschienenen Kastanien vor dem schwarzen Wetterhimmel.

Zufällig hatte er zum Fenster gesehen: die schwarze Wetterwand und davor die Sonne auf den gelben Bäumen. Junge Schwalben saßen auf den Telegraphendrähten, und gegenüber schloß eine Frau das Fenster.

Da hatte es ihn plötzlich geschüttelt: *du nicht!* hatte er gedacht: *du nicht!* und er hatte sich aufs Bett geworfen und hatte geweint. Das war ein anderer Schmerz gewesen, es war, als ob er sein ganzes Leben begriff, von Anfang bis Ende: und daß es davor kein Entrinnen gibt.

Als es dann nachließ, als der Schmerz bereits einer süßen Stimmung gewichen war, hörte er die Eltern nach Hause kommen, die Mutter suchte ihn. Sie blieb in der Tür stehen, wie er da lag und leise weinte. «Junge, warum weinst du?» fragte sie. Und da er es nicht wußte, sagte sie lächelnd: «Das ist der Weltschmerz ...»

## *Die Dampfmaschine*

*Einmal im Jahr wird die Dampfmaschine in Tätigkeit gesetzt. Die Mutter räumt den Küchentisch frei, und dann riecht es nach Spiritus, und irgendwann setzen sich die Pochhämmer, Schöpfeimer und Sägewerke in Bewegung. Das geht eine Zeitlang ganz flott, dann wird's allmählich langsamer und kommt gänzlich zum Stillstand.*

*In der Kommode*

lag ein Karton mit Spielzeugresten: ein zersprungener Kasperkopf, von dem der Lack abgeplatzt war, einzelne Bauklötze und Stangen vom Stabilbaukasten.
Auf die Bauklötze waren Fenster aufgedruckt, Türen und sogar eine Uhr. Früher, als noch alles vorhanden war, hatte man damit ein ganzes Dorf bauen können, mit Kirche und Polizeistation. Die Vorlage dazu lag noch immer im Karton.
Die Bauklötze paßten nicht zueinander, und mit den Stabilbaustangen war auch nichts mehr anzufangen, kein Kran konnte damit gebaut werden und kein Auto.
Die halbe Fahrradklingel, die sich auch im Kasten fand, steckte Sigmund auf ein Stöckchen, und dann schlug er mit der Stabilbaustange dagegen.

*Der Zaun*

Wer zum Spielplatz will, muß die Gurkenplantage entlanggehen. Hinter einem hohen Drahtzaun wachsen sie heran, fingerlang sind sie erst und kaum auszumachen von den Kindern, die mit Sandschaufel und Eimer am Zaun entlanggehen. Die Gärtnersfrau trägt einen Strohhut, sie grüßt herüber.

In der Sandkiste sitzt die blonde Helga. Wir sind ein bißchen verliebt in das kleine Mädchen. Sie spielt mit einem Frosch, der es immer wieder versucht, von ihr loszukommen, aber sie fängt ihn und hält ihn fest.

Eines Tages, als die Kinder noch in der Sandkiste saßen, ist die Gärtnersfrau mit einem Messer gekommen und hat die reifen Gurken abgeschnitten und in den Korb getan, den ihre Töchter hinter ihr hertrugen. Auf der andern Seite des Zaunes stand ein Flaksoldat, der sah ihnen dabei zu.

*Ein Ferientag*

Es war ein heißer Sommertag, die Mutter trug ein weißes Kleid. Sie hielt mit der Linken ihren Strohhut.

Der Pferdewagen stand auf dem Bahnsteig. Sigmund durfte sich neben den Kutscher setzen, die Pferde zogen den Wagen durch den Sand. Der Junge sah auf die Pferde hinunter, auf das ungepflegte Geschirr. Das linke Pferd zog stärker, oder war es größer? Der Kopf immer eine halbe Länge voraus. Die breiten Rücken der Pferde und die groben Hände des Kutschers, der die Zügel in den gefalteten Händen hielt.

Der Weg war schmal, die Kiefern hatte man mit Kennzeichnungen für Wanderer versehen: grüne und rote Dreiecke und Pfeile. Unten waren die Stämme im Grätenmuster eingeschnitten, ein darunter gehängter Blechnapf nahm das Harz auf, das aus den Wunden perlte.

Es war nicht weit bis zu der Fischerhütte, in der die Mutter mit ihrem Sohn Ferien machen wollte.

Das war also die Hütte: ein niedriges reetgedecktes Dach, weiße Fenster, blaugestrichenes Fachwerk.

Die Stube war klein, ein weißer Tisch, vier weiße Stühle, und am Fenster stand ein Lehnstuhl. Die Mutter setzte sich, die Koffer blieben unausgepackt. Es waren die ersten Schritte nach der Krankheit, es war ihre erste Unternehmung, zu Kräften sollte sie kommen.

Vor dem Fenster stand ein Holzzaun, die Mutter blickte auf den Zaun und dahinter auf die sich wiegenden Kiefern, zwei Wochen? Vielleicht würde es regnen, dann würde es vom Dach heruntertropfen, das Fenster – vielleicht sollte man es öffnen? Erst mal nicht, erst mal sitzenbleiben, die Hände im Schoß.

Der Junge ging hinaus in den Garten, es war ein kleiner Garten, die Cosmäen hochgeschossen, Bauernblumen, ein verlassener Kaninchenstall, das Heu hing heraus. Die Pumpe gab braunes Wasser, aber nach einer Weile wurde es klar.

Ein Pfad führte in den Wald hinein. Der Junge legte sein Ohr an einen Baum, und er sah hinauf in die Krone, die sich unter den kleinen, dahineilenden Wolken wiegte und rauschte.

Auf dem Waldboden lagen Borkenstücke, der Junge nahm ein Stück und schnitzte ein Boot daraus. Vorn spitz, hinten rund und ein Loch für den Mast.

Unterdessen ging er weiter den Pfad entlang und atmete die Luft ein, das Aroma des Waldes, von dem man gesagt hatte, es sei gesund, und es würde der Mutter guttun. Es war still, kein Vogel war zu hören. Das kam von dem Rauschen, das deckte alles zu. So war es schon gewesen, als es hier noch Eichen gegeben hatte: still und laut zugleich. Die Eichen waren gefällt worden, niemand wußte mehr etwas von ihnen, jetzt standen hier Kiefern, und eines Tages würde das Rauschen vom Geräusch der Sägen und Äxte zerhackt werden, und das Krachen der niederbrechenden Bäume würde sich in den großen Akkord drängen, bis wieder Ruhe einkehrte in den Gleichmut des Windes, der durch die Wipfel fuhr.
Inzwischen hatte der Junge das Boot fertig. Er klappte das Messer zu und suchte sich einen kleinen Zweig und steckte ihn als Mast in das Loch. Die helle Maserung der Borke verlief wie eine fremde Schrift am Schiff entlang: Nun würde es schwimmen können.

Der Pfad führte eine Wiese entlang, und da sah Sigmund etwas Merkwürdiges. Er sah ein Fischerboot in der Luft stehen! Das braune Segel, der gedrungene Rumpf, ein Kajüthäuschen – es

stand in der Luft, ohne sich zu rühren. Der Junge sprang den von Wind und Wasser gebrochenen Abhang hinunter auf den Strand – und da lag die See, ohne sich zu rühren, und das Fischerboot stand weit draußen im Dunst, und es schien so, als schwämme es in der Luft.
Die weite See, atemlos, und der Waldrand in der Ferne im Bogen auslaufend als kleine blaue Linie. Fauliger Tang und weißgewaschene Steine, Muscheln weiß und perlmutten – und draußen das Fischerboot, still und stumm.
Der Junge ging ein paar Schritte ins Wasser hinein und ließ sein Boot schwimmen. Es legte sich auf die Seite, aber es schwamm, von der leichten Bewegung des Wassers getragen. Der Junge sah sich das Schiff an, den Kopf auf der Wasserlinie, er blies es an, spritzte es mit der flachen Hand, es lag auf dem Wasser, seitlich geneigt, still und ohne Bewegung. Der Junge drückte es unter Wasser, es tauchte auf, das unterste zu oberst. Da nahm er es und schleuderte es so weit er konnte hinaus. Und es flog ein Stück und platschte ins Wasser und schwamm davon, seitlich geneigt.

## *Besuch*

Die Mutter machte einen Besuch bei Frau Professor von Stromberg, und sie nahm Sigmund mit.
Der Professor wohnte in einem alten, von Efeu bewachsenen Haus, er war Urologe, und seine Frau las Bücher.
Während die beiden Frauen in dem altersschiefen Wohnzimmer saßen, an einem runden Tisch, und aus zierlichen Tassen Kaffee tranken, lagen Sigmund und die kleine Jutta im Fenster. Straßenbahnen gab es von da oben zu sehen und Autos, und von fern war eine Militärkapelle zu hören, die näher kam, aber vorher dann doch abschwenkte.

Das Fenster wurde geschlossen. Und während die Damen die Täßchen zum Munde führten und von Büchern redeten, die sie entweder gelesen oder noch nicht gelesen hatten, während sie von allem möglichen redeten, nur nicht davon, daß der Urologe eine Vorliebe für hübsche Studentinnen hatte, spielten die beiden Kinder mit einer Feuerwehr. Sie war aus Blech, mit einer ausziehbaren Leiter versehen, einem Wasserbehälter und einem dünnen Gummischlauch. Wenn man den Behälter mit Wasser füllte, konnte man mit einem Hebel das Wasser durch den Schlauch pressen und damit spritzen. Rot bemalt war die Feuerwehr. Vorn saßen zwei Feuerwehrleute mit einer Klingel, die mit dem Uhrwerk gekoppelt war, die also bimmelte, wenn die Feuerwehr fuhr.

Die Kinder fuhren mit der Feuerwehr auf dem langen dunklen Flur hin und her, sie füllten den Kessel mit Wasser und spritzten damit.

Es gefiel den beiden zusammenzusein, und sie waren traurig, als die Frauen ausgeredet hatten und sich verabschiedeten. Noch lange hieß es: «Die beiden haben ja wunderbar miteinander gespielt, aber sie haben den ganzen Korridor unter Wasser gesetzt.»

Es war nicht recht, daß Sigmund sich einen der Feuerwehrleute einsteckte, aber es kam nicht raus.

## *Reiten*

Der Kutscher hielt vor der Bäckerei und lud Mehlsäcke ab. Dann packte er Sigmund und setzte ihn auf eines der Pferde und führte das Gespann ein Stück die Straße entlang. Die Pferde gingen von selbst, und der Kutscher paßte auf, daß Sigmund nicht herunterfiel.
Nun war es genug, er nahm Sigmund herunter von dem warmen Pferd, und Sigmund sagte: Danke!
Am Abend dachte Sigmund an die blanke Trense in dem Maul des Gauls, blank und klirrend, und an den Schweif, der durch eine Öse im Ledergeschirr gezogen wurde. Er träumte davon, daß er seine Wange an das blanke Hinterteil des Pferdes gelehnt hätte.
«Bist du nicht der Junge, der auf dem Pferd gesessen hat?» fragte ihn eine ältere Dame ein paar Tage später.
Auf dem Wagenschild hatte gestanden: Fuhrbetrieb Hahne, Hafenstraße 5. Das Unternehmen hatte auch ein Lastauto in Betrieb.

## *Das Angelspiel*

*Pappwände werden aufgestellt.*
*Nun bekommt jeder Spieler eine Angel mit magnetischem Haken, mit der kann er Flundern, Dorsche oder Rochen angeln, die man zuvor zwischen die aufgestellten Pappen geworfen hat. Auf jedem Fisch steht eine Zahl: Sie bedeutet: Drei Punkte hast du jetzt geangelt oder fünf Punkte.*
*«Lustiges Fischeangeln» steht auf der Schachtel.*

*Nebenan*

geht der Hauswirt in seinem Garten auf und ab. Spalierobst und Hochstammrosen. Er raucht eine Zigarre und setzt sich auf die Bank und besieht sich die Rückfront seiner Häuser. Oben links lebt der Schlachtermeister mit seinen alten Eltern, dem ist die Frau weggelaufen. Rechts in der ersten Etage wohnt ein Prokurist, dessen Tochter ein Hüftleiden hat. Sie verreisen zweimal im Jahr.

Jetzt tritt das Dienstmädchen Agnes auf den Balkon, sie winkt ihm zu und streicht die Schürze glatt: Da unten sitzt der Hauswirt, der ihr immer so gern beim Wäscheaufhängen hilft. Die Weste hat er zwei Knopf weit geöffnet, und eine Zigarre raucht er. Siebenundsechzig Jahre ist er alt. Als junger Mann war er bei den Husaren, im Schrank hängt noch die Uniform. Jetzt ist er bei der «Bewegung».

Einmal im Monat geht die Mutter hinüber und zahlt die Miete. In ein Oktavheft wird es eingetragen: mit Datum, und dahinter setzt der Hauswirt seine Unterschrift. Er ist ein ordentlicher Mann, und die Leute, die bei ihm wohnen, sind ordentliche Leute.

*Für Leuwagen,*

Handeule und Feudel ist die Besenkammer gut. Im Märchen hätten sie miteinander getanzt. Doch nun sind sie eingeschlossen mit dem Bohnerwachsfäßchen, der Schmierseife und den Stahlspänen. Sie erzählen sich nichts, sie lehnen aneinander, sie sind ins Dunkel gebannt.
Nun öffnet sich die Tür, und ein Stück Kernseife wird herausgeholt, für den Kantstein.
Leuwagen, Handeule und Feudel. Ja, das sind so Wörter. Linoleum ist auch so ein Wort und Estrich.
Diese Wörter gehören zum Vormittag wie die Glocke des Bäckers und der kühle Sonnenschein, vor dem die Gardinen zur Seite gerissen werden. Um neun Uhr kommt die Post.

## *Der Briefträger*

Der Briefträger heißt Herr Gassner. Er hat eine kranke Frau. Wenn er die Post bringt, wird er gefragt: «Wie geht es Ihrer Frau?»
In Brodersdorf wohnt seine Schwägerin, die kommt manchmal über Sonntag und hilft aus. Am nächsten Tag fragen die Leute: «Na? War Ihre Schwägerin mal wieder da?»
Als die Frau weggegeben werden mußte, beschloß der Briefträgerverein, dem Mann unter die Arme zu greifen. Sie nehmen die Kinder umschichtig und beschenken sie zum Geburtstag.

Im Winter trägt Herr Gassner Handschuhe, von denen die Finger abgeschnitten sind. Manchmal pfeift er ein Lied, wenn er die Treppe heraufkommt. Biegt er um die Kurve, dann hört er auf zu pfeifen.
Einmal wollte ihm die Nachbarin Suppe bringen, da lag er mit allen Kindern im Bett. War er denn betrunken?

## *Der Phaeton*

Das Auto steht vor dem Haus, es ist ein offenes Auto, und der Junge steht auf dem Balkon und sieht von oben hinein. Gegenüber der Bäcker und nebenan der Schlachter; die Straße ist blank, denn es hat geregnet: Es ist ein grüner Phaeton, die Sitze sind aus gestepptem Leder, das Lenkrad ist aus Holz. Der Sommer hat gut begonnen, die Sonne läßt die nasse Straße dampfen.

Im Kellerfenster gegenüber fegt eine Frau den Staub vom Estrich. Sie hält inne, um das Auto zu besehen, schräg von unten. Ein solches Auto hat hier noch nie gestanden. Es kommt aus Berlin.

Der Schlachter, der einen Augenblick innehält mit dem Zurechthauen der Koteletts, sieht zwischen den aufgehängten Würsten hindurch auf die Rückfront des blanken Autos, die stromlinienförmig zugespitzt ausläuft. Die Klappe des Außensitzes ist aufgestellt, darin sind Koffer festgeschnallt, ein Schrankkoffer und zwei kleinere gelbe.

Der Junge ist auf die Straße gelaufen, er steht jetzt vor dem Auto, er sieht, daß in den blanken Scheinwerfern sein Gesicht in Breite und Länge verzerrt wird.

Nun kommt ein Herr mit Sportmütze aus der Bäckerei. Er trägt eine Tüte Brötchen in der Hand. «Geh da weg, Junge«, sagt er, steigt in den Wagen, entkuppelt das Getriebe und löst die Handbremse. Dann startet er den Motor. Bevor er losfährt, sieht er noch einmal auf die Autokarte, wo liegt die Küste? Wo ist die See?
Er fährt davon, eine helle Spur auf dem dunklen nassen Pflaster hinterlassend, aus der Stadt hinaus, durch Buchenwälder hindurch an die See.

Die Ostsee? – In der Halle des Hotels sitzt eine junge Frau am Fenster. Sie trägt einen weißen Faltenrock und einen dunkelblauen Clubpullover. Den Pagenkopf hat sie zu einer angedeuteten Sechs gekämmt. Sie sieht die Segelboote auf der See, schräg im Wind, und fern am Horizont ein Marine-Zielschiff: Alles wartet auf den ersten Schuß.
Nun ist der Phaeton vorgefahren. Ein schnelles Begrüßen, ein Kuß auf die Wange, der Handkoffer ist leicht. Das große Gepäck trägt der Hausknecht heran, dazu Mäntel und Schirme. Nun das Verdeck schließen. Man fährt davon, davon über Holland nach Paris! Und von dort aus weiter! Ist die Geschichte denn noch wahr? fragen

sich die beiden. Und: Muß es denn wirklich sein? Aber sie halten nicht inne. Sie haben schon zu lange nachgedacht.

## *Das Fest*

In seine Dunkelheit hinein drang von vorn, aus dem Wohnzimmer, das laute Lachen der Gäste. Es wurde Klavier gespielt, und Zigarrenrauch drang bis an sein Bett.

Nun hörte er Gläserklingen – da setzte er sich auf und ging nach vorn und stellte sich in seinem Nachthemd zwischen die Damen und Herren, die ihn zunächst gar nicht bemerkten. Dann sagten sie: «Das ist aber eine Überraschung!»

Ein Herr mit Schmiß auf der Backe ließ Sigmund aus seinem Weinglas trinken, und eine Dame steckte ihm Schokolade in den Mund. Sie standen um ihn herum, direkt unter der Lampe, und dann hob ihn einer ins Licht. Er sah in den Glastüren des Bücherschrankes, wie er emporgehoben wurde ins Licht, und die Gesichter der Herren und die ondulierten Damen.

sangen drei Mädchen im Nachbarsgarten Lieder. Sigmund lag in seinem Bett und lauschte. Manchmal hörten die Mädchen auf mit dem Singen, dann lachten sie, das kam daher, daß ein Mann zu ihnen getreten war.
Als Schluß war mit dem Singen, setzte sich Sigmund ans Fenster und sah hinaus in die Nacht. Er hatte noch niemals Fledermäuse gesehen; die flinken kleinen Schwärmer flatterten in Kreisen über den Hof.
Sigmund dachte, ob wohl auch in anderen Gärten Mädchen sitzen und Lieder singen, zu denen dann ein Mann tritt und Witze macht, und ob wohl andere Jungen im Fenster sitzen und ihnen zuhören und Fledermäuse beobachten?
Er dachte auch daran, was wohl die Eltern sagen würden, wenn sie ihn jetzt am Fenster sitzen sähen. Es war schon zehn Uhr, und er hatte noch niemals um zehn Uhr am Fenster gesessen und Fledermäuse beobachtet.
Die Mädchen werden nie wieder singen, dachte er – das ist für immer vergangen.

*Der Marmorknabe*

stand im Herrengarten: ein Knabe aus Marmor, der mit seinen Locken spielt. Man hatte ihn auf einen Sockel aus rotem, poliertem Granit montiert, und alle Passanten freuten sich über die Figur: im Frühjahr von Märzbechern und Krokus umstanden, im Sommer vor dem glühenden Rhododendron, der den Traum des Marmorknaben festlich umrahmte.
Im Herbst kamen Gärtner mit ihren Laubrechen; im Winter stülpten sie über die Figur einen Holzkasten, in dem es dunkel war. Wer hier vorübereilte, konnte sehen , daß man behutsam mit dem Knaben umging. Alles geschah zu seinem Schutz. Frost darf nicht in den Stein eindringen, sonst leidet der zarte Schmelz, der über der Figur liegt.

Später dann zerschlugen Männer den Knaben mit schweren Hämmern. Die Bruchstücke wurden in eine rostige Schiebkarre geworfen und fortgeschafft.
Lange noch stand der rote Granitsockel im Herrengarten, und die Leute sagten: Dort hat sich einmal eine hübsche Figur befunden: ein Knabe,

der mit seinen Locken spielt. Mit dem Bildhauer war was nicht in Ordnung gewesen, das war ruchbar geworden.
Das war der Grund, weshalb er weichen mußte, der schlanke Knabe, der mit seinen Locken spielte.

*Im Boot*

*sitzen zwei Indianer, Flaumfedern auf dem Kopf. Als Sigmund in die Badewanne stieg, nahm er es mit.*
*Aber die Indianer waren aus Pappmaché, und sie weichten auf, und der Lack wurde klebrig.*

## *Der Stelzl*

«Ich mache dir einen Stelzl», sagte der Vater. Er brachte Hölzchen mit nach Haus und ließ sich von der Mutter bunte Lappen geben. Dann schnitzte er an den Hölzchen herum, umwickelte sie mit Schnur und leimte Goldpapier dran.

Einen ganzen Sonntag saß der Vater an dem Stelzl, er hatte sich eine Pfeife angezündet und fummelte an dem Ding herum. Aber es funktionierte nicht! Er kriegte die Sache nicht in Gang. «Nächsten Sonntag mach' ich das Ding fertig», sagte der Vater. «Ich brauche nur noch die Ösen anzubringen...» Er hatte eine Erinnerung an einen Onkel im Schwarzwald, der hatte mehrere bewegliche Stelzl gebaut, zu Weihnachten waren Dorfkinder gekommen und hatten sich die kleinen Dinger angeschaut. Glöckchen erklangen, und verschiedenfarbige Beleuchtung war ein- und ausgeschaltet worden. Das war eine schöne Erinnerung – damals lebte die Tante noch.

Es wurde nichts mit dem Stelzl. Lange noch lagen die Hölzchen, die bunten Lappen und die Schnur im Schreibtischfach. Es wurde nicht mehr von dem Stelzl gesprochen.

## *Die Narbe*

An guten Tagen krempelte der Vater sein Hosenbein auf und zeigte Sigmund die Narbe. Über dem blanken Knochen lag sehr feine, fast durchsichtige weiße Haut. Wenn er Sigmund die Narbe zeigte, hob er die schelbernde weiße Haut mit dem Nagel des kleinen Fingers ab: Es war eine saubere Narbe. Sigmund ekelte sich nicht davor. Der Armstumpf, den er im Freibad gesehen hatte, war fragwürdiger.

Die Narbe rührte von einem englischen Schrapnell her. Sigmund stellte sich vor, daß die Kugel den Vater im Argonnerwald getroffen hätte und daß er dann von einem kräftigen Kameraden auf die Arme genommen und weggetragen worden sei. So wie im Spielzeugkatalog, da trug auch ein großer Soldat seinen Kameraden auf den Armen aus dem Feuer. Die Figur gehörte, wie auch die «Krankenschwester mit Feldflasche» zum Lazarett, das ebenfalls im Katalog abgebildet war.

Sigmund besaß keine Verwundeten. Er hatte einen schneidigen Leutnant zu Pferd, der, die Pistole in der Faust, gegen den Feind galoppierte.

## *Ein Lied*

Zu Weihnachten geigte Sigmund seinem Vater zum erstenmal etwas vor. Er nahm die Geige unters Kinn, und sein Vater saß im Ledersessel und hörte ihm zu, eine grüne Strickweste trug er und braune Kamelhaarpantoffel.

Als Sigmund geendet hatte, nahm ihm der Vater die Geige aus der Hand und spielte selbst ein wenig. Sigmund hatte ihn noch niemals spielen hören, aber es war ja seine Geige, im Kastendeckel stand's ja drin.

Sein Vater spielte ein fremdartiges Lied. «Das ist ein englisches Lied, mein Junge», sagte er, «das habe ich in der Gefangenschaft gelernt.» Es war ein Tanzlied und hatte eine einfache Melodie. Sigmund fiel ein Wort ein, das er noch nie benutzt hatte: Er dachte das Wort: «Hochebene», und dann sah er das Schiffsbild an der Wand hängen. Das hatte da schon immer gehangen, aber eben jetzt fiel es ihm auf.

*Den Schneekoller*

kriegte Sigmund an einem warmen Februartag. Er trug einen blauen Trainingsanzug und eine Pudelmütze in Weiß. Die Handschuh waren an einer Schnur befestigt, die um seinen Hals lag.
Es war ein warmer Tag, das Schmelzwasser tropfte von den Eiszapfen an der Dachrinne. Ab und zu rutschte eine Schneelast das Dach herunter.
Unter dem Schnee rann das Schmelzwasser den Rinnstein entlang zum Gulli hin, in dem es vergluckerte.
Sigmund warf sich in die zur Seite geschaufelten Schneehaufen und wälzte sich darin. Er grub sich in den Schnee ein, und als er da so wühlte, drang ihm Schnee zwischen den Kragen und schmolz an ihm, weil er so glühte.
Der Schuster von nebenan sah dem Jungen aus seinem Kellerfenster zu. Und ein Nachbar holte den Fotoapparat und knipste ihn. Das Foto wurde ins Album geklebt, und darunter stand: Sigmund im Schnee.

## *Schlittschuhlaufen*

Die Wiesentümpel waren zugefroren, das sprach sich schnell herum. Sigmund nahm die Schlittschuh über die Schulter, seine Mutter setzte ihm die Mütze zurecht, dann lief er hinaus zu den Dallwitzhofer Wiesen, wo schon reger Betrieb war.

Sigmund hätte gern auf die Mütze verzichtet, er wollte immer schon Ohrenschützer haben, wie ihn Skiläufer trugen, aber die Mutter wußte nicht, was er damit meinte: Ohrenschützer.

Die Schlittschuh saßen nicht richtig, die Halter faßten nicht, sie waren ausgeleiert. Und dann: im Mantel Schlittschuh laufen? Die andern trugen Überfallhosen und Trainingsjacken und Handschuhe aus Segeltuch!

Sigmund suchte sich einen stillen Winkel und fuhr dort seine Kreise. Das Eis war schwarz, man sah Luftblasen und zur Seite gebogene Gräser. Sigmund setzte weiße Spuren über das dunkle Eis: Am Rande des Tümpels staken Besen im Eis, damit man nicht darüber hinausläuft und einsinkt. Das hatte die Stadtverwaltung besorgt.

Von seinem stillen Winkel aus sah Sigmund die Eislaufkönner «rückwärts übersetzen», größere Jungen, die weite Bogen beschrieben und nach Mädchen Ausschau hielten, rückwärts übersetzten und dann auch vorwärts. Einer dieser Eislaufkönner knallte auf Sigmund drauf, daß ihm die Luft wegblieb. Er hob ihn in die Höhe und stellte ihn wieder aufs Eis, klopfte ihm den Eisstaub ab und hielt ihn einen Augenblick. «Geht's?» fragte er. Es tat ihm leid, daß er den kleinen Jungen umgestoßen hatte. – Aber dann mußte er weiterlaufen, rückwärts und vorwärts übersetzen, und bald wurde es ja auch schon dunkel.

## *Der Schlitten*

*hatte schmale Eisenkufen, vorn umgebogen. Auf den eisernen Sitz war ein mit Blumen bemaltes Holzbrett geschraubt, und ein eisernes Ziergeländer sorgte dafür, daß das Kind, das mit Pudelmütze und Schal auf dem Schlitten sitzt, nicht herunterfällt.*
*Der Schlitten stand im Kohlenkeller, es war niemand mehr da, der ihn ziehen würde, und auch kein Kind, dem man damit hätte eine Freude machen können. Mit einem solchen Schlitten hätte man sich zu dieser Zeit nicht mehr sehen lassen können auf der Straße. Es war anderer Sport gefragt.*

## *Geburtstag*

Es war schon merkwürdig, in diesem Jahr fiel sein Geburtstag auf einen Sonntag, und am Morgen schien die Sonne so warm wie lange nicht. Sigmund wurde hingeführt an seinen Tisch, auf dem der Topfkuchen stand mit dem Lebenslicht, ein Kegelspiel lag daneben, eine Tafel Schokolade und ein ledernes Kraftband für das Handgelenk, das er sich sehr gewünscht hatte.
Der Vater zog sein Portemonnaie und nahm fünf Mark heraus. Das war Schokoladengeld, und den Scherz machte er jedes Jahr. Um neun Uhr kam die Großmutter und brachte einen Schal, den sie selbst gestrickt hatte. Sie wohnte am Hafen und bekam Briefe von Ämtern, die sie nicht verstand. «Du mußt die Kartoffelsuppe mit Majoran anmachen», hatte sie vor einigen Jahren zur Mutter gesagt, das lag noch im Raum.

Das Lebenslicht wurde ausgeblasen, und Sigmund ging auf die Straße. Der Nachbarjunge besaß ein feudales Blechauto mit Hupe auf dem Steuerrad, die tatsächlich funktionierte. Er würde nicht kegeln wollen mit Sigmund, das war klar. Aber das Kraftband gefiel ihm. «Zeig mal her!» sagte er, gab es ihm wieder und fuhr davon.

Geburtstag: Am Nachmittag trübte es sich ein, und am Abend regnete es. In das Kraftband würde man zwei Löcher stanzen müssen, damit es straffer saß. Sigmunds Handgelenk war zu dünn.

kamen aus Bad Oldesloe. Gisela spielte auf dem Klavier eine Mazurka, und nach Tisch gab es einen grünen Pudding mit Vanillesauce. Zur Unterhaltung wurde das Mikadospiel auf den Tisch geschüttet. Die Stäbchen waren aus Elfenbein, sie lagen in einem länglichen, polierten Ebenholzkästchen, dessen Schiebedeckel ein wenig klemmte: Sägen und Hellebarden an langen dünnen Stengeln, Beile, Lanzen und Sensen. Sie waren mit schwarzen Nummern versehen, und eines der Stäbchen trug drei rote Ringe: Das war der Mikado.

Märtyrern gab man ihr Marterwerkzeug bei: Äxte und Schwerter; sie standen nebeneinander auf Konsolen in der dunklen Kirche, die dann später «dahinsank», wie es genannt wurde.

Am Abend fuhren die Zwillinge wieder weg, nach Bad Oldesloe, zu ihren Engelslackbildern und Negerpuppen.

## *Schule*

Der Lehrer hatte freundliche Augenbrauen und trug eine gepunktete Fliege. Alle konnten ihn sehen, wie er da am Pult saß, und er sah alle, und er klingelte mit einem Glöckchen. Dann stellte er mit den Fingern Figuren dar, ein Kreuz, einen Kreis und einen Hasen, die Kinder machten das nach. Und dann erzählte er eine Geschichte, die hieß «Das Weidenmännlein». Sie handelte von einer Weide am Bach.

Als er mitten im Erzählen war, klopfte es, und eine Mutter kam und brachte ihren Sohn. Es war eine Viertelstunde zu spät, und der Junge sah fremd aus und blieb es für alle Zeit.

«Er kam damals eine Viertelstunde zu spät», hieß es beim Klassentreffen, und dabei blieb's.

*An einem kühlen Morgen*

schrieb der Lehrer auf die sauber gewischte schwarze Wandtafel ein Wort. Die Tafel war noch feucht, man konnte kaum erkennen, daß dort jetzt etwas stand. Als dann aber die Tafel trocknete, trat das Wort allmählich hellweiß hervor. Das Wort hieß «Baum».
Dann klebte der Lehrer einen feuchten Papierbaum an die Tafel, mit langen, leeren Ästen, und die Kinder durften Blätter malen und ausschneiden, auch anfeuchten und an die Äste des Baums setzen. Die ganze Tafel war schließlich voller bunter Blätter. Als sie trockneten, fielen sie nacheinander ab, auch der Papierbaum fiel herunter. Schließlich stand nur noch das helle weiße Wort «Baum» da.

## *In der Fremde*

Die Mittagsglocke läutete, die Schule war aus. Sigmund trug seinen Tornister ordentlich auf dem Rücken, der Tafellappen hing gerade herunter. Er ging mit Günther über den Hof, sie hatten den gleichen Weg.

Am Seitenausgang stand der Vater mit seinem Fahrrad. Wieso soll ich meinen Sohn nicht von der Schule abholen? hatte er gedacht, und er hatte zu Hause angerufen und hatte erfahren, wann Sigmund herauskam, und da war er zur Schule gefahren, kurz entschlossen, und hatte sich neben den Seitenausgang gestellt, den er selbst immer genommen hatte, als er noch klein war und auch in diese Schule ging.

Sigmund sah den Vater sofort, aber er erkannte ihn nicht, er war hier fremd, und er stand am falschen Tor, und die Knöpfe an seinem Mantel waren viel zu groß.

Sigmund mußte seinem Vater von der Schule erzählen, aber wußte nicht, was er sagen sollte, und der Vater hörte auch gar nicht zu. Er dachte an seine eigene Zeit. Es waren keine schönen Jahre gewesen, und nie wäre es passiert, daß sein Vater ihn abgeholt hätte.

*Der Zopf*

*Aus Knetgummi kneten wir einen Zopf:*
*Wir nehmen rotes, grünes und gelbes Knetgummi und rollen es fein aus. Dann schlingen wir daraus einen Zopf. Je dünner wir die Farben ausrollen, desto länger wird der Zopf. Wir legen die dünnen, dicken, langen und kurzen Zöpfe nebeneinander. Zum Schluß ballen wir aus unserem Zopf eine Kugel. Das bringt niemand mehr auseinander. Aber man sieht, daß es Zöpfe waren.*

*Die einsame Straße*

führte an dem Drahtzaun einer stillgelegten Farbenfabrik entlang. Melde und Brennessel wuchsen zwischen rostigen Fässern, die man hier abgelegt hatte.
Auf der rechten Seite war der Drahtzaun, auf der linken stand eine hohe Mauer, von Lastwagen abgeschrammt.
Wenn Sigmund diese Straße entlangging regnete es meistens. Einmal saß eine Katze auf der Mauer. Als Sigmund in die Nähe kam, sprang sie davon. Und einmal hörte er jemanden Trompete blasen. Es war ein Signal, dessen Bedeutung unbekannt war.
Sigmund mußte durch diese Straße gehen, wenn er Geigenstunde hatte. Die Straße führte auf eine Kiesgrube zu, und links davon stand ein altes Landhaus. In dem Landhaus wohnte sein Geigenlehrer.

Sigmund meinte nicht, daß aus ihm ein Virtuose werden würde. Er hatte nicht den Traum vom Vorhang, der sich öffnet und Beifall rauscht, aber daß er die Geige unters Kinn hebt und englische Tanzlieder spielt, davon träumte er.

## *Der Brunnen*

Das hatten sich die Leute so schön ausgedacht: ein Brunnenhaus auf dem Schulhof! Ein von schlanken Säulen getragenes sechseckiges Dach über einem Becken, aus dem ein Wasserstrahl aufsteigt und sich in eine Rinne ergießt. Für die Kinder zum Trinken war der Brunnen gedacht, wenn sie durstig aus dem Schulhaus stürzen, im Sommer, sieben mal acht ist sechsundfünfzig… Und: Der Aufstrich muß dem Abstrich entsprechen, ein Buchstabe so sauber wie der andere… Aber das Wasser, das da aufstieg, war trüb gewesen, und der Arzt hatte vor dem Genuß gewarnt. Und so standen in dem Becken die Eimer der Putzfrauen, und im Pfützenwasser der Rinne badeten Spatzen.

Hinter der Schule hatte der Hausmeister seinen Garten, dort verbrannte er im Herbst Reisig.

## *Etiketten*

Im Papiergeschäft gegenüber gab es Vanillekugeln und Gummischlangen mit Blechfingerring im Maul. Die Lehrer kauften hier ihre Zigaretten und die Schüler Hefte, Bleistifte und Schreibfedern Marke LYRA.
Die Großen bezogen in dem Laden Kaugummi und Groschenhefte, die niemand zu sehen kriegen durfte. Man konnte es dem Kaufmann nicht verbieten, daß er Groschenhefte vorrätig hielt, aber es war ein Skandal. Die Kaugummis mußten abgeliefert werden, der Hausmeister zertrat sie mit seinem eisenbeschlagenen Stiefel.
Sigmund kaufte sich in dem Geschäft einen Bogen winziger Etiketten, kleiner als Briefmarken, perforiert und gummiert. Aber er wußte nicht, was er mit den kleinen blau gerahmten Dingern anfangen sollte. Zehn Pfennige hatten sie gekostet, und er hielt sie heilig.

*In der Stadt*

Die Hauptstraße der alten Stadt war dunkel und eng. Fremde freuten sich über die vorgebauchten Giebelhäuser, sie fotografierten das geschnitzte Fachwerk und schrieben nach Hause: «Was für eine schöne Stadt!»

Die Mutter hatte sich Handschuhe kaufen wollen, und Sigmund war mitgegangen. Und nun standen sie in der engen Hauptstraße, durch die sich auch noch die elektrische Bahn zwängte, und die Mutter redete mit einer freundlichen Dame, die auch gerade etwas hatte besorgen wollen, und die Lastwagen rasselten vorüber, daß die Frauen lauter und lauter sprechen mußten. Sie standen vor einem Brillengeschäft: Über dem Eingang hing eine Brille aus Eisen, mit Blechaugen darin. Vor dem Nachbarhaus pendelte die blanke Schale eines Friseurs, und gegenüber zeigte ein aufgespannter metallener Regenschirm an, daß man hier Schirme kaufen kann.

Jetzt wurde Sigmund gefragt, was er einmal werden will, wenn er groß ist, und da antwortete er: «Naturforscher». Er stellte sich vor, daß ein

Naturforscher mit beiden Händen dürres Laub zur Seite schiebt, um in dem feuchten Waldboden einen Ameisengang freizulegen. Das wimmelnde Ameisengelaufe, wie sie über den Trampelpfad streben – manche mit großen Flügeln, andere Tannennadeln schleppend – das hatte ihn schon immer interessiert.

«Da mußt du aber noch eine Menge lernen», sagte die Dame, deren Mann in der Anstalt untergebracht war, auf der anderen Seite der Stadt.

## *Panzer*

*Den Panzer zieht man an der Seite auf. Mit seinen Gummiraupen kommt er rasch voran, er klettert über jede Teppichfalte. Im Innern wird von einem Rad des Uhrwerks ein Feuerstein angerissen, dann sprüht es aus der Kanone Funken. In der offenen Turmluke steht die Büste eines Panzersoldaten, der grüßt. Die Luke läßt sich nur schließen, wenn man den Brustsoldaten vorher herausgenommen hat.*

## *Film*

«Es wird Zeit, daß wir einen Film über die Stadt drehen», sagten die Stadtväter, «wir wollen der Welt zeigen, wie schön unsere Stadt ist und daß Handel und Wandel sich entwickeln.»
Ja, sie ist schön, die alte Stadt.
Mit einem Blick auf die großen alten Kirchen beginnt der Film, eine neben der andern, dann wandern wir durch die alten Gassen und verweilen vor schiefen Häusern.
Im Sommer werden die Straßen mit Wasser besprengt, und die Kinder spielen auf dem Alten Wall in der Sandkiste. Ältere Herrschaften sitzen im Schatten von Rosenhecken, die über weiße Staketen quellen, und sehen den Kindern zu. Auf den Kanonen können sie reiten. Man hat sie stehenlassen als Zeugnis dessen, was wir Wehrhaftigkeit nennen. So mancher hat hier sein Leben lassen müssen!
Eine alte Dame geht in dieser heißen Jahreszeit im Pelzmantel über die Bastion. Sie hat den Kragen aufgestellt und den Mantel vorn zugeknöpft. Langsam geht sie auf und ab, und die Kinder in der Sandkiste wundern sich, daß diese Frau sich so warm angezogen hat.

«Diese Frau ist schwer krank», sagt die Mutter. Aber um was für eine Krankheit es sich handelt, bei der man im heißen Sommer einen Pelzmantel tragen muß und nur ganz langsam gehen kann, erfahren die Kinder nicht.
Der Alte Wall ist ein Kleinod der Stadt. Hier ergehen sich die Bürger, oder sie sitzen beieinander und erzählen sich Geschichten aus ihrem Leben. Und die Kinder bauen in der Sandkiste eine Burg.

## *Volkstag*

Am plattdeutschen Volkstag fahren geschmückte Wagen durch die Straßen, am Goetheplatz vorüber und durch das Glawitzer Tor hindurch – der Apotheker mit seinen Mädchen steht in der Tür. Vornweg knallen junge Burschen mit Peitschen und schreien Juchhu! das ist ja schon fast so wie in Bayern, aber es ist nicht Bayern, es ist Norddeutschland, und man feiert den plattdeutschen Volkstag, und das hat was mit Fischern zu tun, mit Bauern und Seeleuten.

Auf den Rollwagen sind lebende Bilder dargestellt, aus der Geschichte der Stadt, plattdeutsche Sagen und Taten von Männern der Vergangenheit. Männer mit Hellebarden begleiten den Zug und Mädchen in weißen Kleidern, Blumenkränze im Haar.

Auf einem der Wagen ist ein Mann mit nackter Brust zu sehen, der schlägt mit einem Hammer auf einen Amboß, die Räder des Wagens sind mit schwarz-weiß-rotem Kreppapier durchflochten.

Auf einem anderen steht ein Rettungsboot, in dem sitzen Seeleute in Ölzeug, den Südwester

auf dem Kopf; sie prosten der Menge mit Bierflaschen zu.
Auf dem letzten Wagen steht ein Schreibtisch. An dem sitzt der Dichter, der die Sagen aufgeschrieben hat, die auf den Wagen dargestellt werden, er hat eine Gänsefeder hinterm Ohr und hält ein Glas Wein in der Hand.
Zwei Musikkapellen am Anfang und am Ende sorgen für Takt und für Stimmung.

Auf dem Markt fahren die Wagen nebeneinander, die Pferde atmen durch und ziehen die Zügel locker. Nun erscheint auf dem Rathausbalkon der Bürgermeister, links und rechts die Fahnen der neuen Zeit. Seine Rede wird mit Lautsprechern übertragen, aber man versteht nicht so recht, was er sagt, es hallt von allen Seiten wider.

Später kam es Sigmund so vor, als sei sein Vater dabeigewesen, aber das konnte ja gar nicht sein.

*Jahrmarkt*

Eine blau-weiß gestreifte Plane war hinten um das Karussell gespannt, der Wind blähte die Plane und bauchte sie ein und ließ die Körper der Menschen sichtbar werden, die auf dem Umlauf standen und den ratternden Gondeln zusahen. Vorn die Schauseite mit der Karussellorgel und den herumfahrenden Gondeln, Berg und Tal, und hinten die blau-weiße herunterhängende Plane mit den schwarzen Schablonenbuchstaben der Segeltuchfabrik darauf. Über dem Jahrmarkt stand das Wiener Rad, unbeweglich in der blauen Luft. Bratwurst und gebrannte Mandeln.

Schräg zum Karussell war der braune Wohnwagen der Rummelleute abgestellt: Geranien vor den Fenstern und ein blauer Trecker. Ein Briefträger kam und brachte die Post. Aus Wuppertal kamen die Leute, das stand auf dem Wagen. Und nun wurde die Glocke angeschlagen, und eine neue Fahrt begann. Der Engel mit der Posaune, der sich über dem Karussell drehte, war von hinten wie von vorn zu sehen, der hielt auch an, wenn die Fahrt beendet war. Er wackelte ein wenig.

*Die Brücke*

In hohen Bogen überspannt die Eisenbahnbrücke die feuchten Wiesen vor der Stadt.
Sigmund zieht ein gutes Hemd an, und die Mutter bindet ihm eine Kinderkrawatte vor: Heute ist ein besonderer Tag.
Sie fahren mit Fahrrädern hinaus, der Vater in der Windjacke aus seiner Wandervogel-Zeit, die Mutter in weitem Rock. Sie lagern sich unter die Brücke in den Schatten der gemauerten Bogen. Wenn man in die Hände klatscht, gibt es ein knallendes Echo. Die Brote werden aus dem Korb genommen und die Thermoskanne mit dem Milchkaffee.
Sie müssen lange warten, aber dann kündigt in der Ferne die Brandung lauten Rufens den Sonderzug an: Der Beifall schwillt an und ab, wie in einem Fußballstadion. Dann wird es leiser. Der Vater legt eine Hand hinters Ohr und zeigt nach oben zu den Schienen hinauf, und wirklich, es ist ein metallenes Rollen zu hören.
Und da kommt er, der lange Zug, zwei mit Fahnen geschmückte Lokomotiven ziehen ihn langsam über die Brücke.
Allmählich schneller werdend donnern die Wag-

gons hoch oben über die feuchte Niederung hinweg, drei, vier, fünf Waggons; und da kommt er, der braune Salonwagen mit den goldenen Buchstaben. An den Fahnen ist zu erkennen, daß in diesem Wagen der Mann sitzt, dem die Heimat so vieles verdankt. Jetzt werden die Fenster zugezogen, offenbar will er speisen.
«Da fährt er hin, in das weite deutsche Land», sagt die Mutter, und noch lange sehen sie dem Zug nach, bis er, kleiner werdend, in der Ferne verschwindet.
Sie packen den Korb ein, setzen sich auf die Räder und fahren fröhlich nach Hause. Über sie ist das Heil hinweggegangen.

gibt es einen Erfrischungsraum. Hier setzt sich die Mutter an einen runden Marmortisch und bestellt Zitronenschnitten. Das Licht kommt durch eine Milchglaskuppel, deren Ränder mit Blumengirlanden verziert sind, und in der Mitte steht eine Kübelpalme. Sigmund trinkt Kakao. Am Vormittag war er in der Schule, und jetzt sitzt er mit seiner Mutter im Erfrischungsraum und ißt eine Zitronenschnitte.
Dann wird eingekauft.

Auf den Tischen des Kaufhauses liegen Stoffballen, die mit dem Meterstab zugemessen werden, ein Ständer mit Uhrketten aus Nickel.
In der Schuhabteilung steht das Gerät, durch das man seine Fußgerippe in den Schuhen betrachten kann, und in der Kinderabteilung gibt es eine kleine Rutschbahn. – Die Mutter kauft Knöpfe, die auf Pappstreifen aufgenäht sind, und einen Zwirnstern mit schwarzem Zwirn. Sigmund bekommt vier Lot Glasperlen, kleine bunte, walzenförmige Glasperlen in verschiedenen Farben, aus denen man Untersetzer basteln kann. Den Ansatz muß die Mutter machen und das Befesti-

gen, wenn der Untersetzer fertig ist, auch. Das Musterblatt gibt es zu.
Neben dem Ausgang steht die Kasse, hier wird den Kunden die Ware eingepackt, braunes Packpapier, Bindfaden und ein hölzerner Paketknebel.
Der Portier hält die Drehtür in Schwung.

*Der Vater*

An einem nassen, dunklen Dezemberabend saß Sigmund am Fenster und sah auf die Straße hinunter. Er malte Figuren auf das beschlagene Fensterglas. Lichter blitzten in den Regentropfen, und ab und zu rauschte ein Auto vorüber. Plötzlich hatte Sigmund die Idee, den Vater abzuholen vom Büro.
Er zog den Mantel an und sprang die Treppe hinunter. Draußen besprühte ihn der Regen, Leute unter schwarzen Schirmen gingen vorüber, und oben im hellen Fenster stand die Mutter und winkte ihm zu.
Der Junge lief unter den Bäumen dahin, einzelne schwere Tropfen trafen ihn, er würde den Vater abholen, und der würde sich darüber freuen!
Am Theater lief er vorüber, das noch im Dunkel lag, neben der Straßenbahn her, die Stadtmauer entlang und durch das Glawitzer Tor mit dem spitzen grünen Helm und dem vergoldeten Stadtwappen über der Durchfahrt, von Scheinwerfern angestrahlt: Wir wohnen in einer schönen Stadt!
Dann gings durch die helle Kaiserstraße mit erleuchteten Geschäften auf jeder Seite und Lichtreklamen in jeder Farbe.

Von Zeit zu Zeit pfiff Sigmund den Familienpfiff, wenn der Vater auf der anderen Seite ginge, würde er ihn hören.
Er lief über den Marktplatz und dann die enge Hafenstraße hinunter. Hier war es finster, denn in der Hafenstraße gab es keine Geschäfte, kaum, daß sich das Hafentor abzeichnete, auf das die Straße zulief. Ratten huschten in die Keller, und in den kleinen Wohnungen gab es Kartoffeln mit Quark.
Der geschwungene Giebel des Hafentors war nur eben ein wenig erhellt. Sigmund pfiff noch einmal, gleich würde er seinem Vater gegenüberstehen. Merkwürdig, daß er noch nie auf die Idee gekommen war, seinem Vater entgegenzugehen!
Und da trat aus dem Torweg ein Mann, der den Pfiff leise erwiderte. Es war der Vater. Der Junge lief auf ihn zu und umarmte ihn, den Kopf am zugeknöpften harten, schweren Mantel.
Der Vater trug Handschuhe, und links hatte er seine Aktentasche. Der Junge redete, und der Vater schwieg.
Zu Hause war der Tisch hell erleuchtet. Der Vater wurde gefragt, ob er sich gefreut hat, von seinem Sohn abgeholt zu werden?
Ja, er hatte sich gefreut.

## *Die Gans*

Gerupft war sie schon, Füße und Kopf waren abgetrennt. Die Mutter legte den Fingerring auf eine Untertasse und fuhr hinten hinein und holte das Geschlinge heraus. Sie tat das blaugrüne Zeug in eine Kumme und zeigte dem Jungen die Galle und die Leber, und dann pflückte sie das Flomenfett von den Gedärmen und zog den Magen ab.
Dann ließ sie die Gans auf dem Küchentisch liegen und wusch sich die Hände und rührte die Füllung zusammen, aus Apfelschnitten, Rosinen und Semmelmehl, dazu sang sie ein Lied.
Sigmund saß am Küchentisch, den Kopf in die Hände gestützt. Der Küchenschrank mit der Ansichtskarte von Bad Schreiberhau in der gesprungenen Glasscheibe und die Waage, in deren Schalen Knopfstreifen lagen und Rabattmarken.
Am Abend band sich der Vater die Serviette um den Hals. Er für sein Teil würde es sich schmekken lassen. In der Gefangenschaft hatten sie sich öfter mal ein Kaninchen gebraten.
Sigmund bekam eine Keule, und die Mutter nahm ein Stückchen Brust. Eine Ente hätte vielleicht auch gereicht.

## *Die Tante*

Die Eltern gingen nicht gern zur Tante, das lag daran, daß sie alte Geschichten aufwärmte, immer und immer wieder, die nicht angenehm zu hören waren, die auch alle irgendwie nicht stimmten.
Hin und wieder besuchte Sigmund die Tante, es waren ja nur ein paar Schritte, und er wurde immer freundlich empfangen.
Im Entree hingen Konstruktionszeichnungen einer Wendeltreppe, und im Salon gab es ein Gemälde zu sehen, das eine arkadische Landschaft darstellte. Darunter stand ein Biedermeiersofa mit drei Biedermeierstühlen und einem ganz normalen Tisch.

Der Junge setzte sich gern quer ins Sofa und sah sich Kunstbände an mit Abbildungen von griechischen Plastiken: daß die Nasen abgebrochen waren, störte ihn natürlich.
Der Blick aus dem Fenster war interessant, hier waren Gärten zu besehen, in denen Kinder spielten. Gelegentlich schaukelte da ein Mädchen mit langen schwarzen Zöpfen.
Alle paar Wochen ging der Junge zu seiner

Tante, klingelte, und sie war immer da. Sie fragte den Jungen nicht aus, und sie brachte auch keine Anklagen vor. Freundlich zeigte sie ihm Briefe von Vorfahren, die auch seine Vorfahren waren. «Das kriegst du alles, wenn ich mal tot bin», sagte sie. Und er lag im Salon auf dem Sofa und sah sich Ansichtskarten an, oder er spielte mit dem Radio, dessen magisches Auge mal klein und mal groß wurde. Oder er hielt aus dem Fenster nach dem Mädchen Ausschau.

Eines Tages inspizierte er die Küche. Auf dem Tisch stand ein Glas ausgepalter Mandeln und ein Schälchen mit gezuckertem Mohn. Offenbar wollte die Tante Mohnkuchen backen, denn auf dem Tisch lag auch ein Ei. Der Junge aß von den Mandeln und vom Mohn, und dann nahm er das Ei und versetzte es in Drehung, dabei entglitt es ihm, rollte den Tisch hinunter und zerplatzte auf dem Fußboden. Der Junge schloß still die Küchentür, verabschiedete sich und kam nie wieder.

## *Farbe*

*Eine Blechschachtel mit vierundzwanzig Buntstiften hat unter dem Weihnachtsbaum gelegen.*
*Das Sonnengelb geht über den roten Dächern der Häuser auf, davor steht ein grüner Apfelbaum hinter einem braunen Zaun.*
*Den Himmel malen wir blau: lichtblau, bergblau oder «Kobald hell» ...*
*Die Wolken lassen sich öffnen, «dahinter sehen wir den lieben Gott mit seinen Engeln auf goldenem Grund. Ein Engel kommt herab und rührt uns an mit seinem goldenen Finger», wie Tante Lucinde es ausdrückt.*

*Lärm*

Das Laufen und Drängeln ist auf dem Schulhof verboten. Deutlich sind die Glocken der Michaeliskirche zu hören. Ist einer gestorben?
Wir Stillen, Feinen stehen am Zaun und haben ein stilles, feines Gespräch. Gegenüber schüttelt eine Frau die Tischdecke aus: Zeit zum Reinemachen, das Wasser kocht auf dem Herd, und der Papagei reckt sich.
Nun mischt sich in das Läuten des Milchwagens die Pausenglocke. Wo sind die Unsrigen?

*Eines Tages*

kommt ein Schulfotograf. Eine Bank wird vorgezogen und quergestellt. Die Frau des Fotografen zieht den Schülern die Scheitel nach und bürstet das Haar mit einer nassen Bürste an den Kopf. Dann werden sie nacheinander vor ein Schulheft plaziert, man gibt ihnen einen Stift in die Hand und fordert sie auf, an die Wand zu sehen und ein Kreuzchen zu fixieren, das dort vorher mit Kreide angezeichnet worden ist.

Das Foto ist gut geworden. Sigmund sitzt mit dem Stift in der Hand vor seinem Heft und sieht in die Ferne. Die Eltern schicken Abzüge in alle Richtungen. Deshalb bleibt auch eines der Fotos erhalten. «Sigmund, Ostern 1938» steht hinten drauf.

Lange nach dem Krieg bekam Sigmund das Foto von einem Onkel zugeschickt. Und da erinnerte er sich dann daran, daß er damals fotografiert worden war. Er legte das Foto in einen Ordner, und nun wußte er, wie er zu Ostern 1938 aussah.

war aus Kirschholz gemacht, ein sogenanntes Ensemble mit allem, was dazugehört, den Ehebetten, einem dreiteiligen Kleiderschrank, Nachttischen, Waschtisch und Frisiertoilette. Daß alle diese Möbel von *einer* Hand gemacht waren, konnte man an einem Intarsienblumenstrauß erkennen, der jedes dieser Möbelstücke zierte.

Über die Betten war eine seidene Zierdecke gebreitet, mit langen Fransen bis auf den Boden.

Auf dem Nachtschränkchen der Mutter lagen Bibel und Gesangbuch aufeinander, und an der Wand hing ein blauer Enzian, hübsch aquarelliert von einem Freund des Hauses, über den nichts weiter bekannt war.

Der Vater hatte auf seinem Nachtschrank einen Sammelrahmen stehen mit den Verlobungsbildern, Hand in Hand gehen die zwei über eine Bergwiese; mal von links, mal von rechts hat man sie aufgenommen und auch von vorn.

Im Kleiderschrank hingen links die Anzüge des Vaters, rechts die Kleider der Mutter, das duftete nach Lavendel, wenn man die Tür öffnete. Sigmund roch an den Kleidern, und dann stieg er in

den Schrank und stellte sich in die Kleider hinein, die ihn weich umhüllten.
Dann setzte sich Sigmund auf den Hocker und besah sich in den Spiegeln der Frisiertoilette. Er klappte die Seitenspiegel vor, da konnte er sich dreimal sehen, das war wie ein Tryptichon.

*Februar*

Sie stand im Schlafzimmer und räumte auf. Über dem Stuhl lagen die Jacken des Vaters, und sie griff in die Taschen und drehte sie um. Da kam manches zum Vorschein: Münzen – die suchte sie nicht, die legte sie auf den Nachtschrank. Ein zusammengefalteter Zettel: Das war schon interessanter. Sie strich den Zettel glatt und las ihn. Dann steckte sie ihn in die Küchenschürze und hängte die Jacken in den Schrank zurück.
Höchste Zeit, das Auge vom Schlüsselloch zu nehmen.

## *Besuch*

Als er nach Hause kam, spürte er, daß sich etwas verändert hatte. Ein süßer Duft erfüllte die Wohnung, und auf dem Tisch stand eine Glasvase mit gelben Rosen.
Ein Herr war dagewesen, der hatte die Blumen mitgebracht. Wie lange hatte man sich nicht gesehen!
«Schade, daß du nicht da warst, Junge«, wurde gesagt.
Ja, schade! Er hatte auf dem Hof mit jungen Katzen gespielt und hatte nicht bemerkt, daß ein Auto vorgefahren war, und den Herrn hatte er nicht gesehen, der am Haus hochgeguckt hatte und dann hinaufgestiegen war.
Es würde sich nichts ändern durch dieses Versäumnis. Aber vielleicht hätte sich etwas geändert, wenn er dabeigewesen wäre und gesehen hätte, wie die Mutter sich verwandelte, für eine Stunde verwandelte und dann wieder die alte wurde, danach.
Es war noch etwas zu spüren von der Verwandlung, am Abend, und auch der Vater war anders gestimmt. Aber es war alles beim alten, und es blieb, wie es war.

## *Der Ausflug*

Morgens war es noch kühl gewesen, die Lehrer hatten Jacken und Pullover mitgebracht. Der Himmel war weiß.
Auf dem Schulhof warteten die Knaben, es waren einhundertfünfzig. Die Lehrer teilten sie ein in Haufen zu fünfzig. Wem Gott will rechte Gunst erweisen, den schickt er in die weite Welt. 1914 war schöneres Wetter gewesen, heiß war es gewesen, in den Türen der Bahnwaggons hatte man gesessen, die Bein rausbaumelnd, und Lieder gesungen.

Das Tor des Schulhofs wurde geöffnet, ein Trillerpfiff, und alles setzte sich in Marsch.
«Ihr dürft euch gern unterhalten», wurde gesagt, «aber immer in der Reihe bleiben. Und die Brote essen wir nachher zusammen.»
Der Weg führte zunächst am Reichsbahnausbesserungswerk entlang. Dann an der Mauer der Zuckerfabrik. Danach passierte die Kolonne eine Schrebergartensiedlung.
Der weiße Himmel färbte sich bläulich ein, die Sonne, die hinter den Wolken nur als Brennglas sichtbar gewesen war, ließ sich blicken, und

ziemlich sogleich wurde es wärmer, wenn auch leider ein nervöser Wind wehte, der den Sand des Weges aufwirbelte.
Endlich kam das Dorf Grumbow in Sicht mit der Mühle im Hintergrund, Hunde rasten bellend heran. Eine Stunde war man bereits unterwegs, als man endlich die Mühle erreichte, den Scheitelpunkt des Ausflugs, eine Windmühle holländischen Typs, mit Flügeln, Haube und einem kleinen Hilfswindrad an der Haube.
«Seht sie euch an, ihr Kinder», sagten die Lehrer, vielleicht ist der Müller gerade da, der kann vielleicht die Flügel anwerfen, damit sich das Mahlwerk in Bewegung setzt, Wind ist genug da, aber vielleicht hat er gerade kein Korn vorrätig, oder er hat bereits gestern alles ausgemahlen, zu Mehl oder Grieß oder Grütze. Oder er ist gar nicht zu Haus, sondern in der Stadt, um das Geld, das er mit seiner Hände Arbeit verdient hat, bei der Sparkasse abzugeben.
In Flandern gab es ganz andere Mühlen, 14/18, die hatten *sechs* Flügel, und in Gallipolli waren die Flügel mit Segeltuch bespannt, das hat man auf Fotos sehen können, merkwürdig, aber sinnreich.
Die Knaben durften sich setzen und ihre Brote

essen. Lehrer Kofahl nahm die Geige vom Rükken und begann zu spielen, die große Mühle, davor ein Haufen Steine und die vielen Jungen, mancher in Tiroler Jacke, andere im Bleyleanzug mit Frühstückstäschchen um die Schulter, in der Feinbrot sich befand, mit Butter und Leberwurst, andere gröber gekleidet in zu kurzen oder zu langen Hosen, mit Flicken auf dem Ärmel, einen Apfel in der Tasche oder ein Stück trocken Brot.

Es ging bereits auf elf Uhr zu, Aufbruch!, wenn man zum Schulschluß wieder in der Stadt sein wollte, mußte man sich sputen.

Der Staub, die Sonne: Wer noch einen Schluck Wasser in der Feldflasche hatte, war zu beneiden … Ist es noch weit? wurde gefragt, und ewig schade war es, daß von hier aus der grandiose Blick auf die Heimatstadt sich nicht ergab, es lag ein Wäldchen davor, dessen Hasen und Rehe sich vor dem staubigen Haufen in Sicherheit brachten.

Vor dem Glawitzer Tor zog Lehrer Kofahl die Uhr: Ein Viertel auf zwölf! Bis zum Mittag würde man die Schule nicht erreichen.

«Ihr wißt doch alle schon selber den Weg nach Haus?» sagte er daher zu den Schülern. «Ihr seid doch schon groß? Weiß ein jeder, wie er von hier aus seine Wohnung erreicht? Wenn das der Fall ist, dann dürft ihr schon jetzt nach Hause gehen. – Halt! Noch nicht!» – Aber die Sache hatte sich bereits aufgelöst, zentrifugal strebten die Knaben nach Haus, zu zweit und zu dritt. Herr Kofahl fuhr mit dem Rade heim, die anderen Lehrer nahmen die Straßenbahn. So etwas würde man sobald nicht wiedermachen.

## *Flechten*

*Die Flechtblätter sind aus Lackpapier gemacht. Man nimmt ein blaues Flechtblatt und zieht weiße Streifen hindurch, mal oben drüber, mal unten drunter. Man kann auch ein rotes Blatt nehmen und gelbe Streifen durchziehen.*
*Treppenmuster, Zopfmuster, Kreuz- und Quermuster.*
*Mal oben drüber, mal unten drunter.*

## *Alte Fotos*

Das ist eines dieser braunen Fotos, die man kennt: Quer über das Foto hat einer mit Tinte geschrieben: Otto 1905. Das Foto ist auf Pappe geklebt, darauf steht in Golddruck der Name des Fotografen: Gottlieb Reise, Berlin Lichterfelde-West: Ein Knabe mit Strohhut, gegen eine Säule gelehnt, und auf der Kulisse das Meer mit einem Segelboot.

«Dies war Opas ältester Bruder», wird gesagt. «Der ging dann nach Amerika.» Zwei Briefe kamen noch, dann hörte man nichts mehr von ihm.

Das Foto stand lange auf dem Nähtisch der Großmutter, unter dickem Glas, das in eine Messinggirlande geschoben war.

*In der Elektrischen*

Wir nehmen die Linie 12 und fahren zum Neuen Friedhof. An dem Triebwagen steht «Neuer Friedhof» – da ist kein Zweifel möglich.
Die quer gestellten Bänke und die längs gestellten Bänke. Wir nehmen die erste Bank vorn rechts, an der Tür zum Fahrer, die stets geschlossen gehalten werden muß.
Unter der Decke hängt die Klingelstrippe, das ist eine Lederschnur, die aus Stücken zusammengesetzt ist, Metallklammern halten sie zusammen. Der Schaffner klingelt zweimal, weil, verdammt noch mal, eine alte Dame noch aussteigen will, die zuvor keine Anstalten machte. Hätte sie sich das nicht früher überlegen können? Das hat er nicht sehen können, daß die alte Schachtel noch aussteigen wollte, sagt er zu den Fahrgästen. Und nun springt auch noch ein Soldat auf, ein Soldat mit Aktentasche!
Weiße Fahrscheine für eine Einzelfahrt und gelbe Zwölferkarten.
«Ist der Junge schon zehn?»
Geradeaus fahren oder umsteigen. Mit der Knipszange werden die Fahrscheine entwertet. Das Kleingeld wirft der Schaffner in die Mün-

zenorgel, er braucht nicht hinzugucken, er weiß schon, wohin die Groschen kommen und die Pfennige.

Nun fährt die Bahn über den Ziegenmarkt, an den städtischen Kliniken vorüber. Auf dem Hof steht eine Kesselanlage. Dort verbrennen weißgekleidete Männer abgeschnittene Beine und Arme, heißt es.

Der Gasmann, der Briefträger und der Straßenbahnschaffner. Der Soldat bleibt draußen auf der Plattform stehen und guckt hinaus. Er will zur Kaserne, das sind noch drei Stationen. Die Kaserne ist aus roten Ziegeln gebaut und von einer hohen Mauer umgeben, auf deren First Glasscherben stecken. Der Soldat steigt aus, und nun kann der Fahrer ganz aufdrehen, denn jetzt kommt eine freie Strecke, auf der er schnell fahren darf. Links und rechts stehen junge Lindenbäume mit eben ausgeworfenem Grün. Am Marine-Denkmal fährt er vorüber, zum Gedächtnis an die Gefallenen.

Am Tiergarten hält die Bahn kurz an, niemand steigt aus oder ein, mittwochs will niemand in den Tiergarten. Auch gegenüber der Kaffeegarten steht leer.

Dann fährt die Bahn eine Schleife durch ein

Stückchen Wald und hält vor dem Neuen Friedhof. Hier ist Endstation. Schwarz gewandete Grabdiener mit roten Tressen am Hut fahren mit einem leeren Sargwagen durch das Tor. Wir gehen rechts am Krematorium vorbei, an einer Reihe Mausoleen vorüber, in denen Särge aufgestapelt sind; Hölzchen zwischen den Särgen sorgen für ständigen Luftzug.

Hinter dem Grabstein ist die Harke versteckt und eine kleine Gießkanne, die holt die Mutter hervor, und dann säubert sie den Grabhügel und legt den Blumenstrauß ab. Opa ist nun schon sieben Jahre tot.

gingen sie die Großmutter besuchen, eine kleine Frau, die zum Vater sagte : «Na, mein Junge?»
Sie wohnte in der Hafenstraße, und Sigmund hatte ihr ein Bild gemalt: Ein Schiff war darauf zu sehen, ein Schiff auf hoher See.
Die Großmutter saß auf dem Sofa, und Tante Thea schenkte Kaffee ein.
Blumen, Taschentücher und ein Präsentkorb mit Wein.
Onkel Georg würde wohl nicht kommen. Sigmund hatte ihn mal auf der Straße gesehen. «Komm schnell weiter», hatte die Mutter gesagt, «ich möchte diesem Mann jetzt nicht begegnen.»
Sigmund saß am Fenster, er sah den Kran im Hafen hin- und herfahren und sich drehen. – Ein Motorsegler fuhr gerade aus. Der Schiffer zog eine Leine ein, an der ein Eimer hing.

Nach einer guten Stunde brach die Mutter auf. Der Vater blieb noch da. Vielleicht kam Georg ja doch noch.

## *Der Kuß*

Sigmund aß mit seiner Mutter im Speisesaal des Hotels «Strandperle» zu Abend. Hier hörte er zum erstenmal den Ausdruck: «Kleines Helles.» Die Mutter bestellte ein «Kleines Helles». Seinen Vater hatte er oft zu Haus Bier trinken sehen. Der Vater rauchte Zigarren und trank dazu Bier. Das war nichts Besonderes. Aber die Mutter?

An diesem Abend geschah etwas Besonderes. Als Sigmund seiner Mutter gute Nacht gesagt hatte, fiel es ihm ein, sich hinter einen alten Herrn am Nebentisch zu stellen und ihn auf die Glatze zu küssen. Da das Ehepaar kinderlos war, beeindruckte das den alten Herrn.

Am nächsten Tag wurde Sigmund zu einer Autotour eingeladen. Er bekam Heidelbeertörtchen zu essen, die er nicht mochte.
«Ich verstehe das nicht», sagte der Herr hinterher zu seiner Frau, «wieso hat der Junge die Heidelbeertörtchen stehengelassen?»
«Ja», sagte die Frau, «bei uns zu Haus wurde gegessen, was auf den Tisch kam.»

*Höhensonne*

Im Wartezimmer der Kinderärztin gibt es einen Kinderpferch: ein mit Holzzaun versehenes Holzpodium. Die Kleinen finden dort Holztiere, mit denen sie spielen können, auch hämmern damit oder werfen. Die Mütter sitzen unterm Fenster und betrachten das Bild an der Wand: Es zeigt ein Gebirgstal mit Sonne hinter den Wolken.

Im Behandlungsraum ist es dunkel, hier steht eine Liege, der Wachslederbezug ist kalt. Die Schwester setzt dem Jungen eine lila Brille auf und legt ihn auf die kalte Liege, und dann wird die Höhensonne eingeschaltet, sie klirrt ein wenig, die Birne muß sich erst erwärmen, und es riecht nach Ozon oder nach Höhensonne.
Die Uhr wird auf fünf Minuten gestellt, und die Schwester verläßt das Zimmer.
Der Junge liegt seine fünf Minuten da, und als die Uhr schnarrt, kommt die Ärztin und hilft ihm herunter von der Liege. Sie hat ein Muttermal auf der Wange und einen kleinen Buckel. Sie umfaßt seine dünnen Oberarme und drückt an den Schulterblättern herum. «Du mußt Sport treiben, mein Junge», sagt sie.

## *Die Brücke*

Das war ein Holzsteg mit Geländer, die Bohlen lagen etwas zu weit auseinander, durch die Ritzen war das schwarze Wasser zu sehen, wie es unter der Brücke rasch davonfloß! Das Holz roch nach Karbolineum.

Zwei Straßenjungen und ein freches Mädchen standen auf der Brücke und guckten ins Wasser. Deshalb mußte Sigmund die Glawitzer Brücke nehmen, einen weiten Umweg machen, also «hintenherum» gehen, wie das genannt wurde. Der Riemen seiner linken Sandale war abgerissen, aber hier konnte das keiner sehen.

Über die Glawitzer Brücke fuhr ein schweres Fuhrwerk. Pferde hatten zu tun, daß sie die Steigung schafften.

Ein Mann mit Fahrrad kam Sigmund entgegen. Er sagte: «Junge, mach mal Platz.» Er hatte am Lenker einen Eimer hängen, und in der Hand trug er eine Harke.

Unter der Brücke hindurch fuhr eben jetzt ein junger Mann in einem Paddelboot, mit aufgelegtem Paddel; vorn einen Wimpel und hinten ein Grammmophon, flott in der Strömung.

*An einem Dienstag*

im April traf Sigmund an der Stadtmauer einen Jungen, der hieß Fritz. Der Junge trug ein weißes Hemd und braune Stiefel mit schwarzen Schnürsenkeln.
In der alten Eiche am Kütertor kletterten sie herum, und sie fanden, daß sie in allem einer Meinung waren. Der fremde Junge war ein Jahr jünger als Sigmund und sprach einen sächsischen Dialekt. Er konnte hübsch pfeifen, und Sigmund verliebte sich in ihn.
Abends im Bett dachte Sigmund: Er ist wie ein Bruder, und er freute sich auf den nächsten Tag, aber er traf ihn nicht wieder. An der Stadtmauer wehte ein kalter Wind, da lagen zerbrochene Flaschen, und die Leute vom Stadtbauamt sahen ihn schief an, wie er da herumlungerte.

Sigmund setzte sich in die Eiche und spähte in jede Richtung, aber der fremde Junge kam nicht. Er sah ihn tatsächlich nie wieder.
Über den Wolken drehte eines dieser neuen Flugzeuge einen Looping nach dem andern. So was gäbe es in Sachsen nicht zu sehen.

## *Der Spanische Garten*

Früher waren in diesem Laden Herrenhüte verkauft worden. Nun hatte man hier ein neues Geschäft eröffnet: Auf einem schwarzen Glasschild standen in goldenen Buchstaben die Worte: «Spanischer Garten». Wer sich beim Optiker, gleich nebenan, eine neue Brille anmessen ließ oder auf der anderen Seite in der Leihbücherei einen Abenteuerroman heraussuchte, atmete das Aroma tief ein: Dieser Duft kam von weither und doch nur von nebenan, aus dem Spanischen Garten.

Datteln in schmalen Spankästen, mit Blechgabel obendrauf, hatte man auch früher schon kaufen können in dieser Stadt, zum Beispiel im Delikatessengeschäft Hunter gegr. 1897. Dort gab es von jeher Nüsse, Apfelsinen und Zitronen. Dort aber wurde der wollüstige Duft des Südens überlagert von dem Geruch von Käse und Wurst.

Wer vor dem Spanischen Garten haltmachte, und das tat jeder, den der Weg hier vorüberführte, wurde eingehüllt von subtropischen Wohlgerüchen, und er blickte auf die paradiesische Fülle, die in diesem Schaufenster ausgestellt war: ein Überfluß an köstlichsten Früchten, auf-

einandergetürmt oder zu Mauern geschichtet, gekrönt von bärtigen Kokosnüssen und einer querliegenden Ananas.
Eine italienische Eisdiele gab es in der Stadt schon lange, den «Eispalast Venezia», und auf dem Rummel sah man Jahr für Jahr einen Mann mit Fez türkischen Honig schnippeln. Es war auch schon mal ein Neger elastisch über die Straße geschritten. Aber ein Spanischer Garten war etwas Neues. Spanien? Das war Tausendundeinenacht, ein mit geschmiedeten Gittern gesicherter Innenhof eines morgenländischen Palastes, aus dem Gitarrenklänge zu vernehmen sind.
Wer hineinging in den Spanischen Garten, wurde stolz empfangen von einem Mann mit schwarzem, gründlich geöltem Haar. Die Zweige der Fächerpalme in einem hochgestellten Kübel wurden durch den Ventilator leicht bewegt, und der Mann sah seinen Kunden fest ins Auge. Die Palme hatte nichts zu tun mit der Heimat dieses Mannes, dessen Ansiedlung von den städtischen Behörden gefördert worden war, die Palme war aus Dekorationsgründen und um den Ausdruck «Garten» zu rechtfertigen in einem Blumengeschäft geliehen worden, auch

Ananas und Datteln wuchsen nicht auf der Iberischen Halbinsel. Aber der Mann war Spanier, das war zu sehen. Sein hartes, tief gefurchtes Gesicht zeugte von schlimmer Zeit, die er hinter sich hatte. Der kleine Finger seiner linken Hand fehlte, und er hatte nur ein Bein. Den Stumpf des anderen klemmte er auf den Griff der sportlichen Krücke, und so stand er hinter der Kasse und verfolgte es, ob Frau und Tochter sich tummelten. Auf der Kasse stand eine gelb-rot gestreifte Geldbüchse mit dem Pfeilbündel der Falange vorne drauf. Kleingeld tat man da hinein.

Sonntags, wenn die Kirchenglocken riefen, gingen die Leute am Spanischen Garten vorüber. Dann war die Jalousie vor dem Schaufenster heruntergelassen und das Scherengitter geschlossen. Der Mann mit den tiefen Furchen im Gesicht saß dann in der Küche und aß die roten Bohnen, die ihm seine Frau bereitet hatte. Auf die Kirchgänger hingegen wartete zu Hause Schweinebraten mit Blumenkohl. Und hinterher eine Scheibe Melone, die eigentlich nach nichts schmeckte.

*Im Zoo*

liegen Löwe und Wolf hinter Gittern, die Meerschweinchen aber haben ein eigenes Dorf. Die Bauernhäuser des Meerschweinchendorfes sind in niedersächsischer Bauweise errichtet, geräumig und behaglich: Die Tiere laufen ins Tor hinein und klettern zum Fenster wieder hinaus. Um das Dorf herum, in dem die kleinen Tiere, gelb, schwarz und weiß, völlig frei herumlaufen, ist ein niedriger Drahtzaun gespannt. Dort hocken Schulkinder und freuen sich über die kleine Meerschweinchenschule, die sogar eine Glocke im Turm hängen hat.
Die Schule ist abgeschlossen, desgleichen die Kirche, man kommt nicht hinein und nicht heraus. Aber aus dem Ziehbrunnen kommt eins geklettert oder steigt hinein und klettert anderwärts wieder heraus. Manchmal ist auch nur ein Schwanz zu sehen. Auf dem Dorfplatz sind Wippen und Räder aufgestellt, ab und zu beschäftigen sich die Tiere damit.
Am Zaun hängen Blechschilder, auf denen die verschiedenen Rassen abgebildet und erklärt sind. Da ist auch ein weißes Kaninchen aufgeführt, das aber nicht zu sehen ist.

## *Kreisel*

*Als er noch klein war, hatte er einen Brummkreisel gehabt, ein großes, mit einem Affen bemaltes Blechdings, der einen Akkord brummte, wenn man ihn in Drehung versetzte.*
*Der Brummkreisel hatte längst ausgedient. Wie alle Jungen spielte Sigmund auf der Straße jetzt mit einem Holzkreisel. Er wickelte die Peitschenschnur um den Kreisel und ließ ihn abschnurren. Die großen Jungen setzten ihre Kreisel mit zwei Fingern in Gang. Das waren ramponierte Dinger.*
*Auf Sigmunds Kreisel stand «30 Pfg.», er hätte es gern gehabt, wenn sein Kreisel auch etwas ramponiert gewesen wäre.*

## *Freischwimmen*

Die Flußbadeanstalt war nicht beliebt. Man fuhr lieber an die Ostsee, sauber und klar. Aber schwimmen lernen konnte man an der See nicht, da gab es keine Badeanstalt und keinen Bademeister, ja, es war sogar davor gewarnt worden, in der Ostsee schwimmen zu lernen: Salzwasser *trägt*, wurde gesagt, und wer in der See ein paar Schwimmzüge machen kann, der kann in einem Fluß noch lange nicht schwimmen, der versagt, wenn's drauf ankommt, wenn ein Boot umschlägt auf der Elbe zum Beispiel, oder auf dem Rhein, der geht dann sofort unter und versinkt in die Tiefe wie ein Stein.
Zum Schwimmenlernen wurde Sigmund daher in der städtischen Fluß-Badeanstalt angemeldet, den Sommer hindurch würde er Zeit haben, es gründlich zu erlernen. Der Vater hatte es hier ja auch gelernt, in seiner Jugend, schwimmen hatte man ihn dann allerdings nie sehen.

Die Städtische Badeanstalt lag inmitten von Wiesen, da, wo der Fluß eine Schleife zog. Zwanzig weiß gestrichene Kabinen im Damenbad, auf Stelzen, und zwanzig im Herrenbad.

Dazwischen ein Bretterzaun und eine Brücke, auf der der weiße Bademeister stand mit seinem roten Kopf. Früher war er Feldwebel gewesen, weshalb auch nicht zu spaßen war mit ihm.

Am Brückengeländer hingen verschiedene Angelgeräte und Korkwesten, die dazu bestimmt waren, Anfängern das Schwimmen zu erleichtern. Man legte sie sich um, und der Bademeister befestigte hinten eine Schnur, die er mit einer Angel so hielt, daß der Schwimmer immer gerade eben ersoff oder nach Luft schnappen konnte, je nachdem. Die Schwimmbewegungen wurden vorher auf dem Trocknen geübt, zuerst im Stehen, dann im Liegen. Wer sie beherrschte, wurde an die Angel genommen. Das Schimpfen des Bademeisters hallte über das Gelände.

Sigmund nahm an den Trockenübungen nicht teil, und schon gar nicht ließ er sich an die Angel hängen. Er zog sich in einen Winkel der Liegewiese zurück. Dort saß er im Schatten und konnte beobachten, was in dieser Anstalt vor sich ging: der cholerische Bademeister, wie er an seiner Angel ein um sich schlagendes Mädchen die Brücke entlangzieht.

Interessant war es, wenn Jutta von Stromberg mit ihren Freundinnen anrückte. Sie wußte, daß

der Junge dort hinten Sigmund Korbach war, der Sohn also von Herrn Korbach in der Orleanstraße. Auf dem Schulweg sah man sich jeden Morgen, und früher hatte man mal miteinander gespielt.
Einmal war es geschehen, daß Sigmund am Eingang mit ihr zusammentraf, er wollte hinaus und sie wollte hinein, das Badezeug unter dem Arm, und da nickte sie ihm aus Versehen zu. Hatte sie nicht sogar gelächelt?

Sigmund badete nur ungern, das kalte, braune Wasser war ihm unheimlich, und wie sah er überhaupt aus? Er kam sich schwach und mager vor, nicht schlank, sondern schwach, dünne Arme hatte er und dünne Beine und einen schmalen Brustkorb. Er war nicht rank und schlank, er war schwächlich. Und deshalb stieg er nur dann ins Wasser, wenn er sicher war, daß ihn niemand dabei beobachtete.
Etwas abseits befand sich ein Männerbecken. Das war nicht für Schwimmer und nicht für Nichtschwimmer gedacht, das diente den Soldaten. In dieses Becken wurden Rekruten hineingetrieben, die es selbst nicht genau wußten, ob sie schwimmen konnten oder nicht. Hier war das

Wasser gerade so tief, daß man den Kopf frei halten konnte, wenn man sich auf die Zehenspitzen stellte.
Wenn keine Rekruten da waren, setzte sich Sigmund auf die Wassertreppe. Er stieg ins Wasser, die Hand am Geländer, und tastete mit dem Fuß vor, und wenn er plötzlich keinen Grund mehr spürte, brachte er sich auf der Treppe in Sicherheit.
Dann stieß er sich aber doch einmal ab und glitt auf die gegenüberliegende Seite des schmalen Beckens hinüber. Er war über die Tiefe geschwebt, ohne Angst, und das probierte er dann noch einmal, und nun konnte er schwimmen.
Es war bereits September, und Jutta von Stromberg kam schon lange nicht mehr, sie konnte es also nicht vermerken, daß er sich das Schwimmen selbst beigebracht hatte. Aber der cholerische Bademeister, der auf der weißen Bank saß in seiner weißen Uniform, hatte es mitgekriegt. Der hatte gedacht: Schau, der Kleine, der hat es von selbst gelernt.

## *Herr Gillinger*

Er hieß Fernandez Gillinger und galt als nicht normal. Das Haus, in dem er wohnte, war von beschnittenen Linden verdüstert, hier wohnte er im ersten Stock. Er wurde versorgt von einer Tante, deren Mann eine Bleistiftfabrik besessen hatte: Auf dem Dachboden lagerten die Reste der Produktion: Die Bleistifte waren von dem Leben ihres Mannes übriggeblieben und das Haus, in dem sie lebte und auf ihren Neffen aufpaßte.

Jeden Monat brachte der Postbote fünfhundert Mark. «Ist Herr Gillinger da?» fragte er, und die Tante sagte dann: «Geben Sie man her, ich unterschreib' das schon!» Und dann tat sie die fünf Hundertmarkscheine zu den andern ins Mittelfach ihres Sekretärs.

Herr Gillinger hatte es gut, morgens bekam er von der Tante das Frühstück gebracht, Brötchen mit Landbutter und Kalbsleberwurst, dazu ein Möwenei. Mittags gab es Bratwurst oder auch mal kaltes Hühnchen oder Fisch. Die Tante hatte Spaß daran, ihren Neffen zu versorgen. Wenn das Wetter danach war, saß er im Garten, die Beine übereinander; einen Leinenanzug trug er und eine violette Krawatte. Vor sich hatte er ein großes Blatt Papier liegen, das er mit winziger Schrift vollschrieb. Sigmund sah ihn im Garten sitzen, und Herr Gillinger winkte ihn heran und drückte ihn an sich und strich mit seinen feinen Händen Blütenstaub vom Papier, was eine gelbe Spur hinterließ, und erzählte davon, daß er früher gern Tennis gespielt habe, aber das sei ja jetzt vorbei.

Nun begann für Sigmund die Zeit bei Herrn Gillinger. So oft er konnte, ging er hinüber und sah ihm beim Schreiben zu. Gillinger saß am Tisch und schrieb in seiner winzig kleinen Schrift Papierbogen voll, neben sich ein Kästchen mit fein angespitzten Bleistiften, aus dem er sich bediente, wenn es an der Zeit war.
Sigmund konnte nicht erkennen, was er da schrieb, aber er konnte sehen, daß die feinen, endlosen Sätze hin und wieder von zierlichen Zeichnungen unterbrochen waren. Die Zeichnungen waren kaum so groß wie Briefmarken, gezackte Wolken mit Gradnetz darüber und drei, vier Sonnen übereinander. Auch Äpfel und Laubwerk und Porträts von jungen Kriegern:

Das waren die Menschen, von denen die Geschichten handelten, die Gillinger schrieb.

Es kam vor, daß Herr Gillinger nicht zu Hause war; das bedeutete, daß er doch zu Hause war, aber mit geschlossenen Augen auf seinem Bett lag und keinen Appetit auf ein Gespräch mit dem Knaben hatte. Manchmal war er auch wirklich nicht da, dann war er mit seinem feinen Spazierstock ausgegangen.

An einem Sommertag, an dem nichts Besonderes los war, sah Sigmund Herrn Gillinger die Schießbahnstraße hinunterlaufen, mitten auf der Fahrbahn, hinter ihm her waren zwei junge Burschen und ein Polizeibeamter in Zivil.
Fernandez Gillinger ward nie wieder gesehen. Als dann später die Stadt brannte, wurde auch das Haus eingeäschert, in dem er gewohnt hatte. Man rettete einen Schrank voll beschriebener Papierbogen, das wurde aber alles beschlagnahmt, irres Zeug, ohne jeden Wert. Seine Tante zog nach Lindau, da hatte sie auch noch Besitz.

## *Das Gaswerk*

Vor der Stadt lag das Gaswerk. Das Gasometer war meistens halbvoll, manchmal sackte es gänzlich in sich zusammen, anderntags wuchs es zu voller Größe.
Sigmund beobachtete die Loren mit der Kohle, wie sie hinaufgezogen wurden auf den Turm und dort ausgeschüttet. Er wußte, daß aus der Kohle Gas gemacht wurde, das hatte er schon mitgekriegt, aber er wußte nicht: wie.
Die Mutter hatte zwei verschiedene Gasanzünder: einen mit Feuerstein und einen mit einer Taschenlampenbatterie im Griff. Wenn sie ihn in die Backröhre hielt, machte es: «Puff!»
Manchmal hatte der Vater kein Streichholz für seine Pfeife, dann steckte er mit dem Gasanzünder den Herd an und hielt einen Fidibus in die Flamme.

Einmal kam ein Herr, der wollte, daß auch dieses Haus sich umstelle auf elektrisches Kochen. «Nein», sagte die Mutter, «ich muß die Flamme *sehen.*»

*Die Bälle*

*hingen in einem Netz an Lillis Bettpfosten. Ein großer roter Ball mit weißen Punkten und ein blauer Ball, etwas schmutzig, mit Rissen. Dann ein brauner Schildkrötball mit Noppen, der nicht mehr benutzt wurde, weil er schlaff geworden war. Mit dem roten Ball machten die Mädchen «Probe», sie warfen ihn gegen die Mauer, unterm Knie hindurch, Brust, Bauch und hintenrum.*
*Auch ausrangierte Tennisbälle besaß Lilli. Die waren von den Eltern ausrangiert worden, pelzig mit einer U-Linie drauf. Lillies Mutter im Hosenrock und ihr Vater in Flanellhosen mit Bügelfalten: Sie zogen nach Potsdam und schrieben noch mal einen Brief.*
*Lilli mit ihren dunkelblonden Zöpfen, goldenes Haar krauste daraus hervor. Brust, Bauch und unterm Knie hindurch.*
*Und hintenrum.*

## *Heiligensee*

An dem schmalen Strand ließ sich nie jemand sehen, denn er lag voller Steine. Die sanften Wellen umspielten die Steine, dazwischen war das Wasser klar, da konnte man winzige Fische beobachten, die alle gleichzeitig nervös nach links und rechts zuckten – die Sonne schien bis auf den Grund.
Heiligensee hieß dieser Ort. «Das ist Heiligensee!» sagten die Fischer, die an schönen Sonntagen mit Sommerfrischlern vorübersegelten.

Oben auf der Steilküste stand ein kleines grünes Sommerhaus. In dem Haus saßen, der See abgewandt, zwei Damen und spielten Karten. Die See kannten sie, die brauchten sie sich nicht mehr anzusehen. Sie hatten das Fenster aufgestellt, vom Wald her drang heißer Harzgeruch, und ab und zu stieß ein Brummer ins Zimmer, drehte eine Runde und rammte gegen das Fenster wieder hinaus.
Die beiden Damen spielten Karten, es war ein Glücksspiel, und sie hatten Münzen und Geldscheine neben sich liegen. Die Scheine lagen aufeinander, und die Münzen waren zu kleinen Säu-

len aufgetürmt. Seufzend tauschten sie die Gewinne aus, mal gewann die eine, mal die andere, und sie rauchten dabei Zigarillos.

Heiligensee: Der Ort hatte seinen Namen von einem dunklen See, der in der Nähe lag, er war vom Wald gänzlich eingeschlossen. Niemand badete in diesem See, und der Kahn, am Ufer, lag schon lange auf Grund. Eine Sage wurde überliefert von diesem See, ein Mädchen spielte darin eine Rolle, die in das dunkle Wasser gegangen war und «aufgehoben» wurde. – «Nie ward' sie wieder gesehen …»; so stand es in Schulbüchern, und so erzählte es auch der Fischer den Sommerfrischlern mit ihren weißen Mützen, und sie guckten durchs Fernglas und machten sich Notizen.

Einmal war ein Herr in diese Gegend geraten. «Heiligensee?» hatte er gedacht. «Wieso war ich hier noch niemals?» Er war zunächst den steinigen Strand entlanggewandert, und dann war er hinaufgeklettert auf die Steilküste und war oben den Pfad weitergewandert, und dabei war ihm das kleine grüne Waldhaus aufgefallen, nur wenige Meter vom Abgrund entfernt. Er war um

das Haus herumgegangen und hatte in das offene Fenster hineingesehen.
Und die Damen bei ihrem Spiel: Plötzlich steht ein Mann im Fenster und sieht herein! Das war ein Erlebnis, das immer wieder erzählt wurde. Der Herr erzählte es zu Hause den Freunden beim Bier, und die Damen, die gegen Abend in die Stadt zurückfuhren, erzählten es einander wieder und wieder und später noch Jahre danach: «Weißt du noch, wie plötzlich der Mann im Fenster stand?»

## *Münzen*

Im Vorraum des Museumssaals war eine mittelalterliche Geldtruhe ausgestellt, sie hatte ein kompliziertes Schloß, der Deckel stand offen, damit man sehen kann, wie kompliziert dieses Schloß ist, und alles handgeschmiedet!
Daneben stand eine Vitrine mit großen und kleinen besonders wertvollen oder bedeutsamen Münzen mit Wappen jeder Art, Löwen, Adlern und Kreuzen, Königen und Kaisern; die Ränder abgegriffen. Auf den Münzen lagen tote Fliegen, und an der Wand hing eine Zeitleiste.
«Sechser» sagen zum Fünfpfennigstück und «Groschen» zum Groschen. Es hatte auch einmal ein Vierpfennigstück gegeben, aber das hatte sich nicht bewährt, davon lag kein Exemplar in den Vitrinen.

Von der Straße herauf war eine Drehorgel zu hören, und der Vater wickelte seine Uhrkette um den Zeigefinger: Gold gab ich für Eisen.
Die Frage stellte sich, ob die Vitrine abgeschlossen war, und der Vater billigte es, daß Sigmund den Deckel probeweise mal kurz anhob, und er ließ sich anheben!

An der Tür stand ein Greis mit Mütze, der sollte aufpassen, daß nichts gestohlen wird. In den regungslosen Mann kam nun Leben, der konnte es nicht begreifen, daß diese Vitrine nicht abgeschlossen war. Er rief seinen Kollegen aus dem Gemäldesaal herbei, der Sigmund und seinen Vater argwöhnisch musterte und den Deckel hob und senkte, ob der tatsächlich nicht abgeschlossen ist. Und dann kam auch schon ein Beamter, man hörte ihn den langen Gang herbeieilen, der schnauzte erst mal den Greis an, und dann fragte er den Vater, was er hier macht und wieso er dazu kommt, den Deckel anzuheben? Und dann probierte er es selber, und in der Tat, der Deckel ließ sich ohne weiteres öffnen. Er zählte rasch die Münzen, ob sie auch noch alle da sind, und nahm zwei Fliegen heraus.

«Ein Dreck ist das hier!» rief er, «ein Dreck!»

Dann schloß er die Münzvitrine ab und verbat es sich für jetzt und alle Zeit, daß Besucher hier Deckel anfassen oder wie oder was, das ist ja unerhört!

Und dann hörte man ihn fortgehen, den Gang entlang, und er klirrte noch lange mit den Schlüsseln.

## *Radio*

Wenn Sigmund allein zu Haus war, setzte er sich ans Radio. Er legte sich ein Kissen auf den Bauch und fuhr die Langwelle ab: Kalundborg, Motala und Deutschlandsender.
Auf der Mittelwelle lag vieles direkt beieinander: Sottens, Memel und Wilna. Wenn er die Mittelwelle eingeschaltet hatte, mußte er die linke Hand immerfort am Dreher halten und schnell laut oder leise stellen, sonst brüllte es durchs ganze Haus.
Die Kurzwelle war auch ganz interessant. Da kam lange nichts und dann alles gleichzeitig: Morsezeichen von Schiffen? Türkischer Gesang. Englisch, Französisch und sogar Russisch. Dazwischen das vertraute Deutsch.
Auf das Radio hatte die Mutter eine Tänzerin aus weißem Porzellan gestellt, in der Hand hielt sie eine goldene Kugel.
Einmal hörte Sigmund auf der Mittelwelle eine hübsche Melodie. Am nächsten Tag hörte er sie noch einmal, aber dann nie wieder.
Als er Jahre später seinen Freund Edward traf, fragte er ihn nach dieser Melodie, er sang sie ihm sogar vor, aber Edward konnte sich nicht erinnern. Der hatte diese Melodie noch nie gehört.

## *Die Blechbahn*

*steht bei einem Antiquitätenhändler im Fenster. Sie hat zwei Wagen. Man zieht sie auf, und dann stockert sie ein Blechgebirge hinauf und rollt, oben angekommen, an aufgemalten Bäumen vorüber durch einen Blechtunnel in eine Blechstadt hinein. Hier hält sie einen Moment inne und fährt dann wieder schnarrend hinauf ins Gebirge.*
*Die Blechbahn kostete vor dem Krieg sieben Mark und fünfzig. Heutzutage wird sie nicht unter fünfhundert Mark gehandelt. Pädagogen haben vor solchem Spielzeug gewarnt.*

## *Die neue Gegend*

In der neuen Gegend, nahe der Gewerbeschule, grüngestrichen mit Symbolen der Arbeit an der Fassade, wo alle Häuser hell und luftig gebaut sind, flache Dächer und Rotdorn in den Vorgärten, NARAG-Heizung statt Öfen, wo die Straßenbahnen in einer extra Fahrspur die Straße entlangwippen, Reformhaus Hagen und ein Denkmal für die Heimkehr der Saar – ging eine Frau laut schimpfend auf und ab, den Regenschirm als Knüppel in der Hand: Sie wartete auf ein Fräulein, das ihr den Mann abspenstig gemacht hatte. Die Leute an der Straßenbahnhaltestelle guckten, und aus dem Reformhaus blickten die Angestellten über die Schaufensterdekoration hinweg, alle bekamen es mit: Hier ist eine Frau erbittert darüber, daß ihr Mann fremdgeht. Natürlich hielt man auch Ausschau nach der anderen, ist es vielleicht die? Oder die?

Schließlich kam ein Polizist und nahm die Frau mit. Das geht nicht, daß sie hier auf- und abläuft und schimpft … Und da fing sie an zu weinen und ließ sich davonführen. Es hatte ja alles keinen Zweck.

waren in den Schaufenstern des Kaufhauses bewegliche Bilder montiert. Da sprang das tapfere Schneiderlein immerfort aus der Kapelle hinaus, während vorn der wilde Eber anrannte, wieder und wieder. Die Goldmarie wurde mit Gold überschüttet, die Pechmarie mit Pech, während Frau Holle mit Brille aus dem Fenster guckte und nickte.
Hänsel und Gretel wurden in einen Käfig gesperrt, aus dem sie sofort wieder entwichen: Die Augen der Hexe glühten dann rot. Und über den Himmel flog Münchhausen, von Enten gezogen. Auch sägten Max und Moritz den Steg an, während Schneider Böck Nadel und Faden durch einen Lappen zog. Jeden Nachmittag um drei Uhr wurde die Mechanik angestellt, dann krähte der Hahn, und die Sonne kam hinter der Wolke hervor. Die Kinder stellten sich vor die Fenster. Ins Kaufhaus durften sie nicht hineingehen, ein Mann in Uniform paßte auf. Die Rolltreppe im Innern war nur für die Erwachsenen da.

## *Marken*

So schöne Briefmarken hatte es früher nicht gegeben. Das waren ja kleine Kunstwerke: die deutschen Trachten aus Oberschlesien und Bayern, der Fackelläufer der Olympiade und die «Gustloff» vor Madeira.
Und dann die Österreichserie und die Serie zum Heldengedenktag!
Jetzt machte das Briefmarkensammeln erst richtig Spaß. An Winterabenden mit Wasserzeichensucher und Lupe, dazu der Deutschlandsender mit Tanzmusik!
Das Album brachte der Weihnachtsmann, erst in einem Album kann man auf einen Blick sehen, was noch fehlt.
Luftschiff Graf Zeppelin auf Polarfahrt: Die war unerschwinglich.

## *Vaterland*

Zu dritt mußten sie vor der Deutschlandkarte «physikalisch» stehen, Ernst Koller (Vater Arzt), Fritz von Techel und Sigmund.
«Was ist des Deutschen Vaterland?» dieses Gedicht mußten sie sprechen und dabei auf die jeweiligen Provinzen zeigen, auf das Flüsse- und Grenzengedärm, auf die Kotflecken der Berge und auf die Städteröteln.

«... ist's Preußenland, ist's Schwabenland?»

und die Klasse antwortete im Chor:

«O nein! nein! nein! Sein Vaterland muß
größer sein!»

Fritz von Techel bekam zum Geburtstag eine Kolonial-Uniform, die Krempe an der Mütze an einer Seite hoch. Als er damit in die Schule kam, war das allen peinlich, da wollte keiner mit ihm sprechen. Das hatten sich die Eltern wohl anders vorgestellt.
Zwei Jungen mit geschorenem Kopf und grauen Waschanzügen waren für ein paar Tage probeweise aus dem Waisenhaus in die Klasse überwiesen worden, sie kriegten jeden Tag Schläge.

## *Blut*

Es war ein Zufall. Wenn Sigmund an diesem Tag nicht durch die Stadt gefahren wäre, an der Hauptpost entlang und durch den blühenden Rhododendronpark, auf seinem neuen Fahrrad, dessen Werkzeugtäschchen noch nie geöffnet worden war, mit unabgenutzten, sauberen Bremsbelägen an der Felge – dann hätte er die Frau nicht gesehen, die neben dem «Drei-Mädel-Brunnen» in einer Blutlache lag, die Milchkanne weit weggeschleudert. Ein zersplitterter Knochen stak durch die Strickjacke.

Das Auto, von dem sie angefahren worden war, parkte ein Stück weit weg am Bordstein, der verlegene Fahrer machte den Passanten klar, daß er nicht schuld sei an dem Unglück dieser Frau.

«Sie hat nicht aufgepaßt, das ist alles.»

Die Milch aus der Kanne war ausgelaufen, und es war rätselhaft, wie es Ärzten gelingen würde, den zerspießten Knochen wieder zusammenzudrücken, hinein ins Fleisch!

Das Blut, die Milch und der «Drei-Mädel-Brunnen».

*Es war ein schöner Tag,*

die Wolken standen über dem Tal, das in weichen Matten auf einen schwarzen Waldrand zulief.
Sigmund war allein hinausgefahren, er hatte sein Rad an den Weg gelegt und hatte sich auf die Wiese gesetzt. Er sah den Hummeln zu, wie sie von Blüte zu Blüte flogen, und er sah die samtenen Wiesenstreifen dem Wald zuschwingen.

Nun hielt auf dem Weg ein Mann mit einem Fahrradanhänger. Auf dem Wagen stand eine Tonne, und der Mann griff hinein und hielt Sigmund herunterhängende Kaldaunen hin, blaurotes Gedärm, von dem es tropfte.
Der Mann lachte Sigmund an. Und Sigmund wußte nicht, ob das Wirklichkeit war, unter den trillernden Lerchen auf der sanft hinübergleitenden Wiese?
Später meinte er, das nur geträumt zu haben. Das konnte so nicht geschehen sein.

## *Damen*

In der «Dame» steht ein Bericht über die Gartenparty bei der Gattin des Ministers. Das Wetter ist wundervoll! Am Teich auf einem Sockel aus Granit steht ein Bronze-Reh. Schwertlilien lehnen sich an den Granitquader, aus welchem Wasser sprudelt. Eine Trauerbirke streichelt sacht das Reh.
In den Fenstern der weißen Villa spiegelt sich die bunte Gesellschaft. Die Gattin des Ministers plaudert mit der Gattin des japanischen Botschafters. Ein Herr mit Monokel küßt der bekannten Filmschauspielerin die Hand. «Hallo, Janine!» Sie hält die weißen Handschuh lässig in der Linken und raucht aus einer langen Spitze. Kann sein, daß man demnächst in Venedig dreht.
Früchteschalen auf allen Tischen, kleines Gebäck, Kaffee.
Im Hintergrund, zweiter von rechts: seine Exzellenz Graf Sanpartoli von der italienischen Botschaft. Links neben ihm der Autor des Romans «Sommertage mit Ingrid» im Gespräch mit einem englischen Offizier; sie tauschen Erinnerungen aus: In der Champagne hatten sie einan-

der gegenübergelegen: Das Wetter war saumäßig gewesen.
Alle Damen tragen Hüte aus feinem gebleichtem Stroh, die schmale Krempe vorn eingebogen und am Hutband eine Seidenblume; sie haben die langen Beine übereinandergeschlagen und halten ein Glas in der Hand.
Im Pavillon legt sich die greise Mutter der Ministerin die Karten, Kaffee bekommt ihr nicht, sie nimmt lieber Tee. Ein junger Mann aus Budapest leistet ihr Gesellschaft. Er spielt so wundervoll Klavier! Wenn man ihn bitten würde, dann würde er sich in den Salon setzen und die Liebesträume von Franz Liszt spielen, und er würde die silbernen Läufe unter seinen Händen zu Kaskaden modellieren, und die würden dann über die Gartenparty hinwegperlen.

Nun kommen die Töchter des Ministers gelaufen, in weißen Kleidchen, sie wollen ihrer Mutter ein Körbchen mit Blumen bringen. Man hatte sie hinter der Terrassentür zurückgehalten, und dann hatte man gesagt: Nun, glaub' ich, ist es Zeit! Nun lauft zu eurer Mutter!
Die Gattinnen bewundern die Grazie der Jugend, Kindheit ist ganz unbefangen. Die Töch-

ter bekommen von der Mutter einen Kuß, und dann springen sie davon. Die Große ist ein rechter Wildfang!
Soldaten in weißer Uniform bewachen die Damenparty, die Autos der Gäste, draußen auf der Straße, sind schwarz.
Der Herr Minister hat leider nicht kommen können.

## *Ausmarsch*

Soldaten marschierten die Hafenstraße hinunter, sie sangen nicht. Sie waren schwer bepackt und rutschten mit ihren benagelten Stiefeln auf dem Kopfsteinpflaster aus.
Im Alten Hafen lagen Transportschiffe. Mit Kränen wurden Geschütze, Kisten und sogar Pferde in die Laderäume gehievt. Die Soldaten stiegen die Gangway hinauf, einer nach dem andern, das Gewehr quer über dem Tornister. Das alles ging ohne Befehle vonstatten, die Schiffe waren leer gewesen, nun wurden sie beladen.
Am andern Ufer des Hafenbeckens stakte ein Fischer sein kleines, schwarzes Boot dahin. Er stand in seinem Boot und zog sein Netz hinter sich her.

Nun kamen durch das Hafentor weitere Soldaten anmarschiert, das Gewehr quer über dem Tornister, stumm. Der Betrieb staute sich einen Augenblick, es wurde Platz geschaffen, dann ging es weiter.
Zwischen den Soldaten, die darauf warteten, daß die Reihe an sie kommt, lag eine alte Frau auf einem Bootssteg. Sie war tot. Ein Arzt mit einer

Tasche stand neben der ausgestreckten Alten. Das lange graue Haar, naß, lag ihr als ein Strahlenkranz um den Kopf herum. Man hatte sie aus dem Wasser gefischt und hier gelagert.

In der Nacht fuhren die Schiffe davon. Die Expedienten in den Kontoren wußten, wohin sie fuhren, sie waren mit dem Ausfüllen der Papiere beschäftigt. Aber sie wußten nicht, daß auch sie bald an die Reihe kämen.

*Sandbänke*

Zur zweiten Sandbank hinausschwimmen: Die erste ist mehr was für Kinder – um zur zweiten Sandbank zu kommen, mußt du ein Stück Tiefe überwinden und dann mit dem Fuß vorfühlen: Ja, nun hast du wieder festen Grund.
Von hier aus, den Kopf nur eben über dem Wasser, sieht die Welt ganz anders aus. Mal eben zur zweiten Sandbank schwimmen: Da bist du allein. Weit draußen der Kopf eines Schwimmers, der schon die dritte Sandbank hinter sich gelassen hat. Im Wasser, das denkst du, müsse ein großer Fisch sich an dich andrängen, du fühlst seinen glatten Leib, und er gleitet sanft an dir entlang.

Du drehst dich um. Das bunte Gesprengsel am Strand, die aufgeklappten Körbe mit dem Gesprengsel davor, Flaggen und Papierdrachen. Sie schreien, aber es ist ganz leise. Weit schwingt das Ufer aus bis zum Waldzipfel, der haarfein ausläuft auf dem Horizont.
Nun heben alle Menschen gleichzeitig den Arm, und aus den Lautsprechern, das hört man jetzt, kommt Musik. Es sind die Hymnen dieser Zeit. Die Menschen stehen auf und heben den Arm.

Mal eben zur zweiten Sandbank schwimmen? Niemand hat gesehen, daß du da draußen warst. Aber der andere Schwimmer ist noch immer unterwegs.

## *Abzeichen*

*Das sind die neuen Kragenspiegel: Infanterie weiß, Artillerie hochrot, Flieger goldgelb. Das Rosa der Panzer und das Zitronengelb der Nachrichten. Pioniere schwarz.*
*Diese Abzeichen gibt's für Jungen auch in klein, man kann sie sammeln.*

## *Geheimnis*

Der Tapezier war ein breitschultriger, kahlköpfiger Mann, er stand rittlings auf der Klappleiter und brachte die neuen Gardinen an. Im Eßzimmer mußten dringend neue Gardinen angebracht werden, das ließ sich nicht mehr hinausschieben, zu lange hatte man damit gewartet, sie waren schon ganz mürbe. Es war nicht zu begreifen, daß man es so lange mit den alten Gardinen ausgehalten hatte. Die neuen waren gelb, mit bunten Blumen bedruckt.

Der Tapezier nahm die Stecknadeln aus dem Mund und wisperte der Mutter das Schlimme zu, was sie schon lange als eine ängstliche Ahnung in sich herumgetragen hatte. Sigmund verstand nicht genau, um was es ging, aber er wollte sich das nicht entgehen lassen, er stand im Wohnzimmer und fütterte den Kanarienvogel.

Der Tapezier, der ein Sektenmann war und von seinen Leuten zu erzählen wußte, daß sie in einem *Lager* gewesen waren, steckte die Gardinen fest und flüsterte es der Mutter zu, daß sie das um Gottes willen glauben soll, was er ihr erzählt, er macht hier keine Witze.

Die Mutter stand neben der Leiter, sie hatte den

Kopf in die Hand gestützt und sah zu, wie der Mann die Vorhänge feststeckte, und sie lauschte ihm, was er da von einem *Steinbruch* flüsterte und von einer großen *Walze*, die von Menschen gezogen wird, und dahinter eine *Egge*, die alles wieder aufreißt.

«Prügelstrafe» – unser gutes deutsches Vaterland, wer hätte das gedacht? Behutsam löste sich die Mutter aus den Beschwörungen des Mannes, sie ging ans Büffet, um schon mal die Tassen herauszuholen für den Nachmittagskaffee, und der Sektenmann brauchte nicht viel lauter zu sprechen, sie vernahm alles, und vielleicht würde sie am Nachmittag den Damen Andeutungen machen können, den Kränzchenschwestern, die das möglicherweise schon längst wußten und ihr geheime Bestätigung gaben.

Als der Tapezier endlich fertig war, die Leiter zusammengeklappt und gegangen war, nicht ohne auf dem Flur noch letzte Schrecklichkeiten herauszuflüstern, zerbiß die Mutter ein Hanfkorn und bot es dem Vogel auf der feuchten Fingerspitze dar. – Mit den neuen Gardinen vorm Fenster sah das Zimmer ganz verändert aus.

*Kindervorstellung*

War die Bühne geteilt? Gab es ein Oben und ein Unten? – Auf der oberen Bühne war man auf dem Mond, das ist gewiß – aber stand denn auf der unteren Bühne eine Kanone?
Ein Käfer spielte eine Rolle, und ein Junge wurde in die Kanone gesteckt und auf den Mond geschossen. Er kroch in das Kanonenrohr hinein und wurde hinaufgeschossen auf die lehmige Kraterwüste, in blaues Licht getaucht. Auf den Mond schwebte er herab, an einem Stahlseil hängend, das kurz aufblitzte. Unten, auf der unteren Bühne, in seiner Schlafkammer, suchte man ihn unterdes vergebens.

Kino war anders. Da verfolgten sich Autos, da stürzten Tellerborde um, und draußen auf der Straße war heller Sonntagnachmittag, hell und laut.
Theater war nur einmal im Jahr, so um die Weihnachtszeit, da war die Bühne geteilt.

## *Kalte Tage*

Es waren kalte Tage. Sigmund saß neben dem Ofen und sortierte Briefmarken. KAMERUN. Die Kaiseryacht SMS «Hohenzollern», Rautenwasserzeichen, 5 Pfg. grün. Unter der Wohnzimmerlampe saß er, am runden Tisch, die Decke zur Seite gerafft. Er kniffte den Falz, klebte ihn hinter die Marke und setzte sie ins Album, genau an die richtige Stelle.
KAMERUN 3 Pfg.
Die Mutter kam herein, schüttete Koks in den Ofen und ging wieder hinaus. Von draußen das Kehrblech des Schneefegers: Fingerhandschuh mit Lederbesatz. Und aus dem Radio zirpte die Kurzwelle. Die Europäer hatten sich an Land tragen lassen, und die Neger balancierten die Koffer auf dem Kopf.

*Das Modell*

Im Museum steht ein Modell des Hafens. Auf einem Messingschild ist zu lesen, daß es ein Herr Karow in seiner Freizeit angefertigt und der Stadt geschenkt hat. Das Wasser hat er aus Gips gemacht, blau bemalt, und die Kaianlagen sind aus kleinen Kieselsteinen zusammengeklebt. Verschiedene Schiffe haben am Kai festgemacht, offene mit kleinen Kohlestückchen im Laderaum, andere mit Zweigen als Baumstämme.
Halb an Land liegt ein hölzerner Schiffsrumpf mit Spanten wie die Gräten eines Fisches. Kleine Gipsmenschen bauen dieses Schiff zusammen. Bauholz liegt genug da.

Wenn du einen Groschen einwirfst, bewegt sich das Ganze: Ein Güterzug kommt gefahren, Kräne schwenken Kisten, die Fahne am Lotsenturm wird gehißt und wieder eingeholt, und die Lampe im Leuchtturm blinkt.
Du hast einen Groschen eingeworfen, und so manches bewegt sich. Doch die Schiffe kommen nicht vom Fleck! Von den Gipswasserfluten umspült liegen sie da, Rauch kommt aus dem Schornstein, und über eine Grammophonplatte

werden Dampfpfeifensignale abgegeben. Die Räder des Raddampfers drehen sich, aber er kommt nicht von der Stelle, er liegt, wo er liegt. Auch die Stadt, die im Hintergrund in eine Kulisse übergeht, liegt still da, sie wächst nicht, und sie explodiert nicht, sie fällt nicht in sich zusammen. So wie sie hier dargestellt ist, hat sie schon vor hundert Jahren ausgesehen.

*Ein Wunschtraum*

Sigmund dachte in späteren Jahren an ein anderes Modell, an eines, das er gern selbst gebastelt hätte. Er stellte sich das Prospekt einer Orgel vor, zierlich, die Pfeifen silbern, und gekrönt von Engeln, die Posaune blasen. Die Mechanik müßte so eingerichtet sein, dachte er, daß eine holzgeschnitzte Sonne über der Orgel aufgeht und wieder untergeht, und unten unter der Orgel, auf einer Drehscheibe, müßten Menschen in die Kirche hineinfahren und auf der anderen Seite wieder hinaus.

Im Innern des Werkes müßte von kleinen Blasebälgen eine Musik erzeugt werden, wie in Kuckucksuhren, da sind doch auch so kleine Bälge drin, eine einfache Melodie, die jeder gern hört und nie wieder vergißt.

Ab und zu dachte Sigmund an diese Orgel, man müßte das Modell zuklappen können, so stellte er sich das vor, mit zwei Türflügeln, und das dann zumachen das Dings und abschließen. Zumachen und abschließen, ein für allemal.

*Inhalt*